WLADIMIR KAMINER

Meine russischen Nachbarn

WLADIMIR KAMINER

Meine russischen Nachbarn

Mit Illustrationen von
Vitali Konstantinov

MANHATTAN

Verlagsgruppe Random House FSC-DEU-0100
Das für dieses Buch verwendete FSC-zertifizierte Papier EOS
liefert Salzer, St. Pölten.

1. Auflage
Erstveröffentlichung August 2009
Copyright © der Originalausgabe
2009 by Wladimir Kaminer
Copyright © dieser Ausgabe 2009
by Wilhelm Goldmann Verlag, München,
in der Verlagsgruppe Random House GmbH
Coverillustration und Illustrationen im Innenteil:
Copyright © 2009 by Vitali Konstantinov,
www.auserlesen-ausgezeichnet.de
Die Nutzung des Labels Manhattan erfolgt mit freundlicher
Genehmigung des Hans-im-Glück-Verlags, München
Satz: Uhl + Massopust, Aalen
Druck und Bindung: CPI Moravia s.r.o., Pohořelice
Printed in the Czech Republic
ISBN: 978-3-442-54576-6

www.manhattan-verlag.de

Aufzeichnungen aus dem Treppenhaus

Inhalt

Statt eines Vorworts: Auszüge aus
Leserbriefen 9
Neue Nachbarn. 13
Die Russen-WG 17
Der 7. Tibeter 25
Wer ist Deutschland? 29
Die Zugvögel. 34
Mongolian Standard 38
Deutsch als Spritze 42
Der Enkel des Partisanen. 50
Erdbeeren mit Sahne. 57
Gespräche über die Ewigkeit 60
Die Mutter (nicht von Gorki) 64
Ein ungewöhnliches Konzert 69
Väter und Söhne 76
Plüschtiere aus Schlobin 84
Der Ernst des Lebens und das ewige Eis 90
Der Russe lacht nicht. 100
Das russische Rebellen-Gen. 109
Andrej und das Geheimnis der
blauäugigen Blondine 118

Jeder ist ein Dichter 125
Die Kirche. 130
Blauwürste und Dame mit Hut 135
Was mir mein Nachbar über
weißrussisches Bibergeil erzählte 140
Moskauer Sitten 145
Der Sinn des Eisfisches 154
Wie Russen Weihnachten feiern 161
Karl Marx und seine Leser 167
Ein Toast auf Joyce 172
Das Parfüm. 177
Natürliche Bevölkerungsentwicklung 183
Die Qual der Wahl 188
Hunde. 193
Wer wird Milliardär? 200
Radio 206
Blumen aus Moskau 211
Nachwort 220

Statt eines Vorworts:
Auszüge aus Leserbriefen

Auch wir hatten russische Nachbarn. Ständig brannte Licht bei denen in der Wohnung, egal ob Tag, ob Nacht, immer hörte man sie singen, kochen oder fluchen, die Fenster waren immer erleuchtet. Tagsüber saßen sie normalerweise zu Hause, nachts torkelten sie die Treppen herunter. »Die Russen schlafen nie«, seufzte mein Vater.

Leser X. aus Geiselkirchen

* * *

In Hamburg hatte ich eine Blondine als Nachbarin, ich glaube, es war eine Russin. Einmal saß ich zu Hause und langweilte mich, da dachte ich, gehe ich doch mal rüber und lade sie auf ein Glas Wein zu mir ein, die Russinnen müssen doch einen guten Sinn für Humor haben. Ich klopfte an ihre Tür und sagte: »Hören Sie mal, Frau Katjuscha, ich möchte nicht drum herumreden. Ich bin allein, Sie sind allein, kommen Sie doch mit mir mit.« Dazu machte ich eine einladende Geste. Die Russin wurde plötzlich rot. Sie sagte so etwas wie »kren tebe« und knallte die

Statt eines Vorworts: Auszüge aus Leserbriefen

Tür zu, ganz spießig. Zu Hause blätterte ich im Wörterbuch. »Kren« soll auf Russisch Meerrettich heißen. Was das mit mir zu tun hatte, weiß ich bis heute nicht.

Leser Y. aus Buchholz

* * *

Der Russe im Erdgeschoß benahm sich eigentlich ganz freundlich. Jedes Mal wenn ich von der Arbeit nach Hause kam, saß er an seinem Fenster und rauchte. Er sagte zu mir stets »Guten Tak!« und »Doller Wagen!« Einmal parkte ich wie immer vor dem Haus, ging zur Tür, aber der Mann war nicht da. Nur das Fenster in seinem Zimmer stand offen. Ich schaute vorsichtig hinein. Überall lagen Autoreifen aufeinandergestapelt und auf dem Tisch ein Maschinengewehr.

Leserin T. aus Karlsruhe

* * *

In Bremen wohnten unter uns Russen aus Riga. Sie sprachen untereinander Russisch, und eine ihrer Töchter wurde die beste Freundin meiner Mutter und dann auch meine Babysitterin. Ihre Hochzeiten feierten sie auch russisch, d. h. das Essen hatte viele Gänge und nach jedem wurde eine schwarze Zigarette geraucht. Sie schenkten uns irgendwann einen Samowar.

Leser H. aus Bremen

Statt eines Vorworts: Auszüge aus Leserbriefen

Eines Tages klingelte es an meiner Tür. Es war Sonntag. Draußen stand meine russische Nachbarin, die sagte, dass ihr das Salz ausgegangen sei.

Zumindest ließen sich ihre Gesten und das antiquarische Russisch-Deutsch-Wörterbuch mit dem Finger auf dem Wort »Salz« so deuten. Ich füllte also Salz in ein Glas, genug, um ein mehrgängiges Menü komplett ungenießbar zu machen. Aber meine Nachbarin lachte nur. Ich hatte sie offenbar missverstanden. Also kein Salz? Nein, Moment – Meersalz? Nein, auch falsch. Jetzt aber – alles klar: mehr Salz. Noch mehr? Kein Problem. Ich drückte ihr meinen kompletten Vorrat in die Hand: eine Büchse bestes jodhaltiges Speisesalz.

Salz verwende ich für Nudelwasser, und noch nie ist mir ein Rezept untergekommen, für das man eine ganze Packung davon gebraucht hätte. Meiner Nachbarin offensichtlich schon. Eine Packung war zu wenig. Mit den Händen deutete sie etwas sehr Großes an. Und dann etwas Rundes. Dann wieder etwas Großes, das wohl ein Sack sein sollte. Ein Sack? Ein Sack Salz für etwas Rundes? Für ganz viele runde Sachen? Sie eilte in ihre Wohnung zurück und holte einen Kohlkopf. Und so langsam dämmerte es mir. Weißkohl plus Salz ergibt Sauerkraut.

Ich war stolz auf meine Kombinationsgabe. Anscheinend hatten meine russischen Nachbarn beim Zubereitungsprozess den point of no return erreicht, bevor ihnen die zweitwichtigste Zutat ausgegangen war. Ich ruderte heftig mit den Armen, um mein Bedauern auszudrücken und zeigte meine leeren Hände. Dann deutete ich treppab- und treppaufwärts sowie in alle Himmelsrichtungen, um zu signalisieren, dass wir uns aufteilen sollten, um bei den restlichen Nachbarn sammeln zu gehen. Es kam so noch ein ordentlicher kleiner Salzberg zusammen. Das fertige Sauerkraut konnte ich leider nicht mehr probieren, weil ich wenig später ausgezogen bin. Aber ich bin sicher, es ist gut geworden.

Leserin A. aus München

* * *

Was nützt uns der schönste Sozialstaat, wenn die Kosaken kommen?

Franz-Josef Strauß aus München

Neue Nachbarn

Nachts fing es an zu regnen, die Tropfen trommelten eine Herbstsymphonie auf das neu gedeckte Plastikdach über den Mülltonnen im Hinterhof. Ich saß auf dem Balkon und las *Die früheuropäische Geschichte* von Le Goff. Gegen 2.00 Uhr klappte ich das dicke Buch zu und machte das Licht in der Wohnung aus. Alles versprach, eine gute, ruhige Nacht zu werden.

Um 5.00 Uhr rissen mich die Katzen aus dem Schlaf, die völlig verstört ihren Urinstinkten folgend über mein Bett sprangen. Dieses merkwürdige Verhalten der Hauskatzen bei Vollmond erklärt sich durch die früheuropäische Geschichte, schoss es mir durch den Kopf. Wir alle waren einmal etwas ganz anderes gewesen und haben uns im Laufe der Jahrhunderten zivilisiert, doch manchmal kommt die Vergangenheit wieder hoch, und wir fallen zurück. Besonders sichtbar ist dieses Phänomen bei Hauskatzen. Tagsüber sind sie zahm und verschlafen, nachts verwandelt sie die Kraft des Mondes in wilde blutrünstige Bestien, die sie früher vermutlich auch waren. Ich verscheuchte die Tiere und legte mich wieder hin.

Um halb acht knallten die ersten Türen im Treppenhaus, die Kinder gingen zur Schule, und um 8.00 Uhr spielte jemand Trompete auf dem Balkon. Ich legte mir mein Kissen auf den Kopf, krümmte mich zusammen, aber nichts half gegen diese verdammten Trompetensoli. Die Melodie schien mir irgendwie bekannt, nur erinnerte ich mich nicht, woher. »Wer ist diese Sau?«, dachte ich im Halbschlaf. Die Oma aus dem dritten hat zwar einen Knall, aber keine Trompete. Der dicke Junge mit der Pfeife aus dem zweiten Stock kam auch nicht in Frage, er konnte unmöglich so gut spielen. Vielleicht der Internetdesigner mit vergipstem Bein aus dem Hinterhofparterre? Dann erinnerte ich mich an das neue Schild auf unserer Gegensprechanlage, das ich am Vortag entdeckt hatte; zwei Namen, die irgendwie russisch klangen. Ein Trompetenspieler mit russischem Doppelnamen? Das hatte uns gerade noch gefehlt. Wann

Neue Nachbarn

war er nur eingezogen? Sein Umzug musste geräuschlos verlaufen sein, ich hatte weder einen Umzugswagen vor dem Haus gesehen noch Kartonstapel unten im Flur. Ich hatte diesen Musiker noch nie getroffen, ich wusste nicht einmal, in welche Wohnung er eingezogen war. Das Einzige, was ich über ihn wusste: Der Mann spielte um 8.00 Uhr früh Trompete auf dem Balkon. Das war eigentlich zu erwarten gewesen! Aus unerfindlichen Gründen ziehen hauptsächlich Durchgeknallte in unser Haus, keine vernünftigen Bürohengste, keine Angestellten des öffentlichen Dienstes, sondern sonderbare Künstler und Sportler. Über uns wohnt eine Opernsängerin, in der Wohnung gegenüber ein Dartspiel-Weltmeister, im Erdgeschoß mein Hobbytrommler und Technofreak. Der Trompeter war unvermeidlich.

Am Nachmittag machte ich meinen neuen Nachbarn im Treppenhaus ausfindig: ein Jungstudent mit Lederjacke, Rucksack und schwarzem langem Haar. Ich sprach ihn auf das Trompetespielen an, ob er immer nur von 7.00 bis 8.00 Uhr spielen könne. Er sagte »Sdrawstwujte« zu mir. Tatsächlich ein Landsmann! Wir redeten eine halbe Stunde miteinander. Unglaublich aber wahr, es waren gleich zwei Russen in das Haus gezogen. Ab sofort wohnte ich mit einer Russen-WG unter dem selben Dach! Beide um die dreißig Jahre alt. Der eine, Andrej, war erst vor kurzem nach Deutschland gekommen, er stammte aus Leningrad, heute St. Petersburg. Der andere, Sergej, war schon länger hier. Er kam aus Weißrussland, hatte in Vechta studiert, nahe Bremen gewohnt, in Köln gearbeitet und war dann nach Berlin umgezogen, weil er das Rheinland zu klein und langweilig fand. Ich verabredete mich mit Andrej noch auf der Treppe für den Abend zum Schachspielen. Gott segne unser Haus, dachte ich unterwegs in der Stadt, endlich lustige Nachbarn!

Die Russen-WG

In den nächsten Tagen und Wochen lernte ich meine neuen Nachbarn besser kennen. Fast jeden Tag hing einer von ihnen bei mir in der Küche, oft ging ich zu den Jungs nach oben. Wir wurden Freunde. Die anderen Bewohner unseres Hauses empfingen die Russen-WG nicht mit Blumen. Vor allem die Rentnerin aus dem vierten Stock und unser Hausmeister zeigten Misstrauen. Bei dieser Bevölkerungsgruppe ist die Fremdenangst am stärksten entwickelt. Grundsätzlich können sie sich mit großen Hunden und frischen Ausländern schwer abfinden. Als ich vor einigen Jahren in dieses Haus einzog, hielt mich der Hausmeister auf dem Hof an und erzählte etwas unvermittelt, auch er habe einmal acht Jahre in Neukölln in »völlig türkischer Umgebung« gewohnt und hätte »mit denen nie ein Problem« gehabt. Was meint er?, grübelte ich. Es war wahrscheinlich als eine Art Warnung gedacht. Danach wollte er wissen, was ich von der »Visa-Affäre« halte. »Die Politiker sollten nicht nur reden, sondern sofort alle Konsulate in Osteuropa schließen und das Land am besten von allen Seiten einmauern«, sagte ich, um den Hausmeister zu provozieren. Er blickte misstrauisch, stimmte mir aber, wenn auch nachdenklich, zu.

Die Visa-Affäre im Jahr 2005 war ein Hammer. Die Angst ging um in Deutschland, einem armen Land, das permanent gefährdet ist und ausgebeutet wird – von Sozialhilfeempfängern, Arbeitslosen, Islamisten, Hasspredigern, Schwarzarbeitern und obendrein auch noch von Millionen ukrainischen Kriminellen und Prostituierten, die mit einwandfreiem Visum nach Deutschland kamen, um hier ihre Untaten zu begehen. »Jahrelang wurden bis zu 2000 Visa pro Tag in Kiew vergeben«, berichteten die Zeitungen. »Wenn das wahr wäre, hätten die Eindringlinge das Land schon längst flächendeckend ausgeraubt«, dachte ich. Doch die meisten glaubten der Berichterstattung.

Deutschland tat sich schon immer schwer mit Ausländern. Auch wenn der Bundestag einstimmig die Bundesrepublik per Gesetz zu einem Einwanderungsland erklärt, wird sich an den Tatsachen, die das Gegenteil beweisen, nichts ändern. Die Ursachen für die Fremdenabwehr bleiben im Dunkeln. Wahrscheinlich hat Deutschland mit seinen Ausländern und seinem Volk einfach Pech, sie wollen und wollen nicht zusammenkommen. Die deutschen Ausländer sind meistens sehr zickig. Sie wollen sich nicht in die deutsche Kultur einweihen lassen, viel lieber bleiben sie unter sich und bilden zu diesem Zweck Cliquen und Ghettos. Sie sitzen den ganzen Tag in ihren Kneipen herum, kucken ihren Fußball und trinken ihr Bier. Sie sprechen auf den Straßen und in den Geschäften laut ihre Fremdsprachen, ohne auf die Einheimischen Rücksicht zu nehmen. Es wirkt demütigend. Diese ständige Fremdsprecherei lässt die Einheimischen argwöhnen, dass die Ausländer vielleicht Böses über sie reden oder, noch schlimmer, ihnen etwas verheimlichen könnten. Daraufhin werden die Einheimischen sauer und meiden ihrerseits die Ausländer. Die Einheimischen bilden eigene Cliquen und Ghettos, wo sie unter sich bleiben, ihren Fußball kucken und ihr Bier trinken. Nur wenige Einzelgänger können über diese Mauer des Misstrauens auf die andere Seite klettern. Ich nenne sie die Helden der Integration.

Zu diesen Menschen gehört zum Beispiel mein

neuer Nachbar Andrej aus der Russen-WG im vierten Stock. Er wird nicht müde, sich für alles Deutsche zu interessieren, vor allem für deutsche Frauen und die deutsche Sprache. Er hat sich vorgenommen, das *Deutsch-Russische Wörterbuch* auswendig zu lernen und ist schon beim Buchstaben »J« angekommen. Das alles ist ihm aber noch nicht genug. »Wir müssen die Sorgen der Einheimischen verstehen können, ihr Leben von innen studieren«, behauptet er. Zu diesem Zweck kuckt er sich seit Monaten alle Staffeln von »Big Brother« an. Seine erste Erkenntnis war, dass die Deutschen selbst ihre Sprache in viel kleinerem Umfang benutzen, als es in dem tausend Seiten dicken *Deutsch-Russischen Wörterbuch* eigentlich vorgesehen ist. Die Container-Insassen kamen mit gerade mal fünf Sätzen prima klar.

Für Andrej war das ein Zeichen: Er musste sich nicht weiter mit dem dicken Wörterbuch quälen. Auch die moderne deutsche Singkultur reizte ihn sehr, weil sie so lebensfroh klingt und keine besonders ausgeprägten Sprachkenntnisse erfordert. Er kaufte sich auf dem Flohmarkt eine Platte mit dem deutschen Superhit »Wann wird's mal wieder richtig Sommer«, legte sie in einer Endlosschleife auf, spielte dazu Trompete und terrorisierte damit einen Monat lang das ganze Haus. Die Nachbarn von unten klopften immer wieder mit einem Besen gegen die Decke.

Andrej dachte, sie freuen sich, wenn sie ihre Folklore hören. Die Nachbarn beschwerten sich jedoch beim Hausmeister, der bei uns im Haus unter anderem für den Frieden und die Völkerverständigung zuständig ist. Der Hausmeister klingelte daraufhin bei der Russen-WG.

»Ich habe Signale bekommen, dass Sie mit Ihrem Freund nachts laut afrikanische Tanzmusik hören, dazu schreien und im Wohnzimmer herumspringen. Hören Sie auf damit«, sagte der Hausmeister. »Bei uns in Deutschland wird nach 22.00 Uhr nicht mehr getanzt. Hier leben Menschen, die früh aufstehen müssen. Und bringen Sie endlich Ihren Balkon in einen ordentlichen Zustand, im Interesse des Gesamtanblickes der Hausfassade. Wir wollen doch alle Frieden, oder?«

Andrej war erstaunt, dass seine Nachbarn ihre eigene Folklore nicht mochten, fügte sich jedoch. Doch sein Drang zu ständiger Kommunikation mit den Vertretern des Gastlandes war damit auf keinen Fall erloschen. Anders als sein schweigsamer, nachdenklicher Mitbewohner ist Andrej ein Kommunikationstier. Über solche Menschen wird behauptet, dass sie zu sprechen beginnen, noch bevor sie geboren werden. Danach hören sie nicht mehr auf. Auch seine Gastfreundschaft kennt keine Grenzen. Die Russen-WG gleicht einer Falle: Man kommt sehr leicht hinein, aber kaum wieder heraus. Mir ist es ebenfalls noch nicht gelungen, weniger als drei Stunden bei meinen Nachbarn zu verbringen.

»Wladimir«, sagte Andrej neulich zu mir, als wir uns wieder einmal auf der Treppe begegneten, »ich habe in der Zeitung deine Geschichten gelesen. Du musst unbedingt über meine Oma schreiben, sie macht völlig irre Sachen. Komm bitte kurz mit nach oben, das muss ich dir erzählen.«

Erst nach drei Stunden gelang es mir, seine Wohnung wieder zu verlassen. Zwischendurch musste ich meine Frau anrufen, die sich schon Sorgen gemacht hatte, weil ich ja eigentlich nur zum Briefkasten gehen wollte, um die Post abzuholen. In den drei Stunden habe ich alles über Andrejs Oma erfahren sowie über seine anderen zahlreichen Verwandten, die alle Ende der Neunzigerjahre ihre Heimatstadt St. Petersburg verlassen und sich über die ganze Welt verstreut hatten. Andrej erzählte mir tatsächlich interessante Geschichten; die Menschen in seiner Familie schienen alle sehr abenteuerlustig zu sein. Seltsamerweise hatte ich jedoch keine Lust, über seine Oma oder die anderen Familienmitglieder zu schreiben. Ich wollte bloß nach Hause und die Zeitung lesen. Das ging aber nicht. Andrej erzählte und erzählte, ich hörte höflich zu. Nach einer Weile begriff ich, dass er von alleine nie aufhören würde. Aus Höflichkeit verbrachte ich noch eine weitere halbe Stunde in der Küche, dann nutzte ich eine Pinkelpause von ihm, um mich schnell zu verabschieden.

Ich weiß, dass Andrej selten Besuch bekommt. Seine Landsleute kennen ihn und haben einfach keine Lust auf die unendlichen Monologe, und seine einheimischen Nachbarn halten ihn wahrscheinlich für verrückt, weil er sie ständig auf der Treppe anspricht. Mehrmals lud er sie schon zu sich ein, sie blieben aber hart und lehnten alle Einladungen ab. Die ersten Einheimischen, die seine Wohnung betraten, waren die Zeugen Jehovas vor etwa einem Monat: zwei Männer und eine Frau. Sie fragten Andrej freundlich, ob sie nicht reinkommen dürften.

»Wir werden Ihre kostbare Zeit nicht lange in Anspruch nehmen. Wir wollen mit Ihnen nur kurz über Gott und die Welt reden«, sagten sie.

Andrej freute sich riesig. »Das ist aber ein sehr großes Thema, das hat mich immer schon interessiert«, meinte er und zerrte die drei in seine Wohnung. Danach habe ich das Trio nie wieder gesehen. Manchmal hört man komische Geräusche aus der Russen-WG, als würde dort ein Chor singen. Ich habe Grund zur Annahme, dass die Zeugen Jehovas sich noch immer irgendwo in der Wohnung befinden. Zum einen war das im August angekündigte Gesprächsthema tatsächlich sehr umfangreich angelegt. Ich kann mir nicht vorstellen, dass Andrej so schnell damit fertig wird. Zweitens kauft er in letzter Zeit deutlich mehr ein. Und drittens hat er mir selbst eine Bestätigung für meinen Verdacht geliefert. Als ich ihm neulich wieder auf der Treppe begegnete, wagte ich die provokante Frage: »Wie geht es den Zeugen?« Andrej wurde rot im Gesicht und benahm sich wie ein Dieb, der auf frischer Tat ertappt wurde: »Welchen Zeugen?«, murmelte er und wollte zum ersten Mal das Gespräch nicht mehr weiterführen. Ich bin mir ziemlich sicher, dass Andrej der deutschen Gesellschaft drei Zeugen Jehovas entzogen hat und sie nun zu seinem Privatgebrauch benutzt. Ob so etwas hierzulande strafbar ist, weiß ich allerdings nicht.

Der 7. Tibeter

Auf unseren Spaziergängen durch Berlin landeten meine russische Nachbarn, meine Frau Olga und ich einmal zufällig in Kreuzberg. Es war gerade Mittagszeit und Sergej schlug vor, in einem vor kurzem eröffneten Restaurant was zu essen. Das Lokal hieß *Der 7. Tibeter*, es handelte sich dabei um ein kleines Restaurant mit original tibetischer Küche, und das Personal wirkte ebenfalls original tibetisch. Die Speisekarte war kurz und knapp formuliert, ökologisch bewusst, aber bescheiden, ohne ausgefallene Vorspeisen und Zwischengänge und diesen ganzen überflüssigen Schickschnack. Eigentlich typisch für diese Gegend. Wenn Berlin ein Planet wäre, dann wäre Kreuzberg sein Tibet. Nicht umsonst wird ausgerechnet hier das tibetische Neujahrsfest gefeiert, angeführt von Nina Hagen und anderen Abgespaceten.

Die Speisekarte des *7. Tibeters* las sich wie eine Parodie auf die kulinarische Vielfalt. Man hatte mindestens drei Dutzend Gerichte im Angebot, doch das meiste lief auf dasselbe hinaus – auf Teigtaschen. Es gab gedünstete Teigtaschen, gebratene Teigtaschen, Teigtaschen mit Fleisch und Gemüsefüllung, gekocht, frittiert, scharf und weniger scharf, mit und ohne Salat. Dazu Rotwein. Oder zur Abwechslung Weißwein. Meine Frau konnte mit der tibetischen Küche nicht viel anfangen.

»Das sind doch alles Pelmenis, wie sie jede Oma in Sibirien macht«, meinte sie rebellisch. »Das haben diese Bergleute alles den Russen abgekuckt.«

»Was würden Sie uns empfehlen?«, fragte ich die hübsche Kellnerin um Rat.

»Wir haben sehr viele Gerichte«, sagte sie, »aber die meisten Gäste entscheiden sich für Teigtaschen.«

Das wunderte uns überhaupt nicht. Ohne lange zu überlegen, entschieden wir uns wie die anderen Gäste. Sergej nahm die gedünsteten, Andrej die gebratenen Teigtaschen, meine Frau und ich blieben beim Wein. Die Kellnerin notierte gewissenhaft unsere Bestellung auf einem Block, um die Teigtaschen nicht zu verwechseln und verschwand in der Küche. Wir rätselten währenddessen über den geheimnisvollen Namen des Ladens. *Der 7. Tibeter*, das klang nach einer Geschichte.

»Eine alte Legende«, meinte Sergej. »Ich erinnere mich dunkel daran. Die Blavatskaja und Rerich haben darüber berichtet. Auf dem höchsten Berg Tibets, weit über den Wolken, sitzen seit einer Ewigkeit sechs Weise und warten auf den siebten. Nur gemeinsam können sie den Menschen die Wahrheit und den Sinn des Daseins offenbaren. Jeder von ihnen besitzt einen Teil dieser Wahrheit. Aber einer ist verschwunden – mit dem siebten Tibeter. Im Grunde warten wir alle darauf, dass er zurückkommt.«

»Wo ist er denn hin?«, fragte meine Frau. »Was sagt die Legende?«

»Das weiß ich nicht, ich habe es vergessen«, winkte Sergej ab. »Er ist wahrscheinlich vom Berg gestiegen, um frische Teigtaschen zu holen, hat es aber auf dem Rückweg nicht ausgehalten und unterwegs alle aufgegessen. Daraufhin konnte er sich vor Scham nicht mehr auf dem Gipfel blicken lassen. Denn kaum käme er dort an, würden ihn die anderen sechs fragen: ›Na, wo sind unsere Teigtaschen, du Tibeter?‹«

»Und so wandert er seit einer Ewigkeit durch die Welt und findet nirgends Ruhe, während seine Freunde auf dem Berg verhungern und die Menschheit weiter im Dunkel des Unwissens umherirrt. Und schuld daran sind nur die Teigtaschen«, spannen wir gemeinsam die Geschichte zu Ende.

Der Koch brachte unsere Bestellung persönlich an den Tisch.

»Dürfen wir Sie etwas fragen?«, erkundigte ich mich höflich.

»Natürlich«, nickte er.

»Wer oder was ist der siebte Tibeter? Klären Sie uns bitte auf!«

»Ich bin's«, sagte der Koch und lachte. »Ich bin der siebte Tibeter, das heißt der siebte Mensch aus Tibet, der hier eine Aufenthaltgenehmigung bekommen hat. Vor mir waren es nur sechs. Es gab zwar noch einen siebten, aber dessen Asylantrag wurde abgelehnt, er kam dann ein Jahr später unter einem anderen Namen wieder. Aber da war er schon der zwölfte. Und ich bin der siebte!«, lächelte der Koch stolz.

Etwas enttäuscht von der Prosa des Lebens, aßen wir die Teigtaschen auf und verließen das Lokal.

Wer ist Deutschland?

Als ich zusammen mit meiner Frau und den Kindern vor drei Jahren die deutsche Staatsangehörigkeit samt Personalausweis errang, bekamen wir mehrere Merkblätter mit auf den Weg, deren Empfang wir quittieren mussten. Das erste Merkblatt hieß *Über den Verlust der deutschen Staatsangehörigkeit.* Warum sollen wir sie verlieren, wenn wir sie gerade erst bekommen hatten?, wunderte ich mich. Weil in Deutschland keine doppelte Staatsangehörigkeit geduldet wird. Meine Frau und ich sind aus der Sowjetunion nach Deutschland ausgewandert. Unsere sowjetischen Pässe wurden uns noch von der letzten DDR-Regierung, die uns aufgenommen hatte, entzogen. Wir haben seitdem zwar nie wieder einen russischen Pass angestrebt, waren aber juristisch gesehen russische Bürger geblieben. Deswegen mussten wir, um in Deutschland eingebürgert zu werden, den Austritt aus der russischen Staatsangehörigkeit beantragen, die wir de facto nicht mehr besaßen. Die Botschaft der russischen Föderation sagt den Betroffenen in solchen Fällen, sie sollen »nach Hause fahren« und sich dort an das russische Innenministerium wenden. Die meisten haben jedoch längst kein Zuhause in der alten Heimat mehr. Sie haben ihre Wohnungen verschenkt, verkauft oder an den Staat verloren.

Dabei geht es nicht um Einzelfälle, sondern um Zehntausende. Das deutsche Staatsangehörigkeitsrecht hat natürlich eine Ausnahme für diese Fälle vorgesehen. Diejenigen, die hier als Kontingentflüchtlinge anerkannt wurden, können sich die Mühe sparen, einen Nachweis ihrer Staatenlosigkeit zu erbringen. Sie werden a priori als Staatenlose behandelt und können in Deutschland nach Erfüllung einiger anderer notwendiger Kriterien eingebürgert werden. Dazu bekommen sie das Merkblatt *Über den Fortbestand der bisherigen Staatsangehörigkeit*. Wenn Sie im Ausland jemals in Schwierigkeiten geraten, sollten Sie sich nicht an die deutschen Behörden wenden, sondern an die Ihres ursprünglichen Heimatlandes.

Sie müssen unterschreiben: »Wenn mir mein Recht auf Wiederausreise verwehrt wird, sind die deutschen Auslandsvertretungen nicht in der Lage, wirksamen deutschen Rechtsschutz zu leisten.« Und so weiter. Sie werden also gleich am ersten Tag als Bürger zweiter Klasse abgetan, der nicht einmal mit dem deutschen Rechtsschutz im Ausland rechnen darf.

Noch schlimmer sind die Kinder dieser unfreiwilligen Doppelbürger dran, denn sie kommen nicht als Kontingentflüchtlinge auf die Welt, sondern als ganz normale Kinder und bekommen deswegen die ursprüngliche Staatsangehörigkeit ihrer Eltern. Selbst wenn die Eltern aufgrund ihres besonderen Status längst Deutsche geworden sind, ihre Kinder sind es deswegen noch lange nicht. Sie werden einem Land zugeschrieben, in dem sie nie gelebt haben. In unserem Fall wurde eine Ausnahme gemacht – wegen meines Bekanntheitsgrades, wie mir unsere nette Sachbearbeiterin im Rathaus erklärte. Deswegen haben meine Kinder die deutschen Pässe bekommen, allerdings unter Vorbehalt, genauer gesagt: nur bis zum Erreichen der Volljährigkeit. Danach werden sie ausgebürgert, wenn sie nicht nachweisen, dass sie keine Esel sind, Entschuldigung, ich meine, dass sie keine andere Staatsangehörigkeit besitzen.

Als deutscher Bürger schäme ich mich ein wenig für diese Gesetzgebung, die jedes Maß an krümelkackerischer Bürokratie und rücksichtsloser Unmenschlichkeit sprengt. Natürlich hören sich diese Merkblätter nur so bedrohlich an, in Wirklichkeit kann man mit ruhigem Gewissen auf sie pfeifen und sie einfach vergessen. Ich werde ja sowieso nie wieder zu diesem Staatsangehörigkeitsamt gehen müssen, so dachte ich. Dann musste ich aber doch wieder hin, als mein Vater eingebürgert wurde. Nachdem er fünfzehn Jahre in Deutschland und Europa mit einem blauen »Alienpass« für Staatenlose gelebt hatte, einem Pass, auf den die Grenzbeamten aller Länder wie Fliegen auf Scheiße reagieren, beschloss mein Vater, sich mit vierundsiebzig Jahren einbürgern zu lassen. Er bildete sich ein, mit dem deutschen Dokument seine Reisefreiheit, sein Lebensgefühl, letztendlich seine Sicherheit auf diesem Planeten zu steigern.

Weil er behindert war, musste ich ihm bei diesem Abenteuer helfen. Wir sammelten alle notwendigen Papiere, füllten die Formulare aus, machten die biometrischen Photos in einem sprechenden Spezialautomaten, beantragten die Pässe und zahlten für alles zusammen ungefähr 400,– Euro. Die Einbürgerung verlief schnell und unbürokratisch. Nach fünf Wochen bekam mein Vater seinen Reisepass, aber groß verreisen stand erst einmal nicht auf dem Plan. Merkblätter studieren war angesagt. Der neuerliche

Besuch der Einbürgerungsstelle hat mich dann zum Verfassen dieses Textes bewegt. Die Sache war nämlich: Ein paar Tage später traf ich mich mit Wolfgang Schäuble zu einem Gespräch zum Thema »Wer ist Deutschland«, organisiert von einer christlichen Zeitschrift. Hätte ich ihm diese Geschichte erzählt, hätte er wahrscheinlich gelächelt und gesagt:

»Wir leben in einer Demokratie. Es gibt hier eine Verfassung, ein Grund- und jede Menge andere Gesetze und alle haben diesen Gesetzen zu gehorchen, auch wenn manche von ihnen besser sein könnten. Diese Gesetze sind doch nicht von bösen Menschen ausgedacht, um den Guten das Leben zu erschweren! Diese Gesetze sind Deutschland, in ihnen wurde der Wille des Volkes formuliert. Auch wenn sie nicht immer an der richtigen Stelle greifen, ist es noch lange kein Grund zu meckern, und wenn es dir nicht gefällt, mein Junge, geh doch nach Russland. Da handhabt es Medwedjev bestimmt besser. Hehe.«

Vielleicht hätte er aber auch etwas ganz anderes gesagt. Aus diesen Politikern werde ich nie schlau...

Die Zugvögel

Obwohl der Kalte Krieg längst vorüber ist, genießt Russland nach wie vor im Westen einen schlechten Ruf. Wenn die Pfützen in Berlin Mitte Oktober plötzlich einfrieren, heißt es stets in den Nachrichten, das Tief »Natascha« oder »Iwan« habe die deutsche Grenze überquert – die russische Luftmassen schrecken vor nichts zurück. Mit großem Erstaunen lasen wir neulich in der Presse, dass auch die Vogelgrippe von den russischen Zugvögeln nach Europa eingeschmuggelt werde. Meine Nachbarin fragte mich daraufhin, ob es in Russland schon die ersten Opfer gäbe.

»Gar nicht«, erklärte ich. »Die Russen haben Ostimmunität, sie essen die Vogelgrippe zum Frühstück und fühlen sich noch wohl dabei!«

Ich wollte die alte Dame nur beruhigen, sie aber glaubte nicht an meine Ostimmunität und versteckte sich in ihrer Wohnung. Am späten Abend stand ich auf dem Balkon, rauchte und überlegte. Vielleicht haben die deutschen Medien Recht und es kommt tatsächlich alles Schlechte aus dem Osten? Ich konnte mich jedenfalls an nichts Gutes von dort erinnern, abgesehen von mir selbst und ein paar Freunden. Draußen war es dunkel und still. Nur von oben hörte ich die verseuchten Zugvögel laut schnattern. Ich lehnte mich übers Balkongitter und starrte in den Himmel, um festzustellen ob die Vögel tatsächlich aus dem Osten kamen. Doch am Himmel, diffus beleuchtet von Straßenlaternen, war nichts zu sehen. Merkwürdig, dachte ich und ging in die Wohnung zurück. Eine Stunde später stand ich wieder auf dem Balkon, die Zugvögel schnatterten und zwitscherten noch lauter, blieben aber weiterhin unsichtbar.

Wie immer, wenn ich auf geheimnisvolle Phänomene stoße, die sich mit dem gesunden Menschenverstand nicht erklären lassen, holte ich meine Frau als Expertin. Sie ging sehr kritisch an die Sache heran. Als Erstes klärte sie mich über Vogelmigration auf. Sie meinte, dass es um diese Jahreszeit gar keine Zugvögel über Berlin mehr geben könne, die letzten mussten längst in Afrika sein. Dann konzentrierte sie sich kurz auf die unsichtbare Geräuschquelle und identifizierte sie als die Entspannungs-CD *Schöne Vogelstimmen* für 1,99 Euro aus dem Schlecker-Supermarkt.

»Das sind bestimmt deine Freunde aus dem vierten Stock, die Russen-WG«, vermutete sie lachend.

Ich gab ihr sofort Recht. Die Nachbarn nachts mit seltsamen Vogelstimmen zu beschallen – diese Aktion trug eine klare Handschrift. So bescheuert können nur Russen sein. Ich ging die Treppe hoch. Die Vögel zwitscherten tatsächlich im vierten Stock, wo mein Nachbar Andrej allein zu Hause war. Er ließ mich rein und erzählte mir mit Begeisterung, wie er neulich einen ganzen Stapel Naturgeräusche für nichts ergattert habe.

»Was willst du hören?«, fragte er. »Ich habe von Fröschen bis Elefanten alles da.«

Die Naturgeräusche würden ihn in gute Stimmung bringen, meinte er. Aufgewachsen in einem Betonblock mitten in der Stadt hatte Andrej als Kind nie Kontakt zu Tieren gehabt. Das wollte er jetzt in Berlin nachholen. Wir saßen in seinem Zimmer, tranken Tequila mit Tee, und Andrej zeigte mir Familienfotos, von seinem älteren Bruder, von den Eltern und seinem Lieblingsonkel, dessen Knast-Tattoos die einzigen Tierbilder waren, die Andrej als

Kind begleitet hatten. Sein Onkel hatte wie kaum ein anderer unter der sowjetischen Diktatur gelitten und in den frühen Siebzigerjahren für sein antitotalitäres Gedankengut und einen bewaffneten Raubüberfall sechs Jahre Straflager aufgebrummt bekommen. Dort hatte er sich die Tiere eintätowiert. Auf der linken Schulter hatte Andrejs Onkel ein Meerschweinchen, auf der rechten ein Seepferdchen mit traurigen Augen. Eigentlich bedeuteten diese Tattoos in der speziellen Knast-Ikonographie Hoffnungslosigkeit und standen für die die Tragödie des Daseins. Das Meerschweinchen auf der linken hieß »Wir sind im Arsch« und das Seepferdchen, elegant wie ein Fragezeichen, stand für »Wozu leben?«. Doch die Tiere sahen niedlich aus, und der Onkel wirkte ungeheuer lebenslustig.

Andrej schob eine Platte nach der anderen in seinen CD-Player. Erst um drei Uhr nachts kehrte ich unsicheren Schritts in meine Wohnung zurück und konnte noch lange danach nicht einschlafen. Kaum schloss ich die Augen, schon quakten die Frösche im Himmel, Elefanten trompeteten, Libellen summten, und der ganzkörpertätowierte Onkel meines Nachbarn lächelte mir von einem vergilbten Foto zu.

Mongolian Standard

Wir haben letzte Woche auf dem Falkplatz in Berlin gegrillt. Einmal im Monat veranstalte ich eine solche kulinarische Orgie auf diesem Platz neben dem Mauerpark gegenüber von unserem Haus. Vorher fahre ich zum türkischen Fleischer meines Vertrauens in den Wedding und kaufe dort zwei bis drei Lammkeulen, schäle zu Hause ein Dutzend Zwiebeln und lege das Fleisch für zwei Tage in einer handgemachten Marinade aus Weiswein, Pfeffer, Zwiebeln und Zitronen in einen speziellen Topf ein. Die geladenen Gäste, in der Regel sind es um die zwanzig Russen mit Familie und ein paar Deutsche mit Russenknall, bringen zum Fleisch passenden Alkohol, Salate und

Wassermelonen mit. Die Gäste treffen mit ihren Flaschen natürlich nicht gleichzeitig ein, sondern nacheinander, und mit jedem muss ich als Gastgeber anstoßen. Eine alte russische Sitte besagt, es dürfen auf einer Feier weder Essen noch Getränke übrig bleiben, wenn doch, wird man verhungern bzw. verdursten. Damit dieses Unglück nicht passiert, muss alles aufgegessen und ausgetrunken werden.

Es war schon immer eine große Kunst für mich, nach diesen Partys einigermaßen gerade nach Hause zu kommen und mit dem Schlüssel das Schlüsselloch zu treffen. Auf jeden Fall war dies eine größere Herausforderung, als das Fleisch vorzubereiten. Aber ich kannte einen Trick. Ich mischte Wein mit Wasser und ließ mich zu keinem anderen Getränk überreden. Bis jetzt ist mir das fast immer gelungen. Letztes Mal hatte ich jedoch die Idee, mit meinen Nachbarn nach der Grillparty noch eine Cocktailbar zu besuchen, die vor kurzem neben einer vietnamesischen Sushi-Bar bei uns um die Ecke aufgemacht hat. Die Sushi-Vietnamesen sind nebenbei bemerkt ehemalige Zigarettenverkäufer von der Schönhauser Allee, die wegen des Nichtrauchergesetzes aus ihrem illegalen Business ausgestiegen und in das legale Sushi-Geschäft eingestiegen waren. In der Cocktailbar arbeiten auch Asiaten, deswegen dachte ich automatisch, beide Läden würden zusammengehören.

Mongolian Standard

In der Cocktailbar hingen drei Fotos in Übergröße: Greta Garbo, Marlene Dietrich und in der Mitte Yuri Gagarin in der Uniform eines Oberst der sowjetischen Armee. Die Chefin hörte uns russisch reden und setzte sich zu uns. Sie erklärte uns, dass ihre Bar rein gar nichts mit den Sushi-Vietnamesen zu tun habe. Ihr Partner sei Deutscher, sie selbst komme aus der Mongolei und beschäftige aus Prinzip nur Landsleute. Wir saßen also in einer mongolischen Cocktailbar, mitten in Ost-Berlin und sprachen von den alten Zeiten.

»Die Mongolen und die Russen waren schon immer Freunde, wir haben den Mongolen oft geholfen und ihnen zum Beispiel unser Alphabet überlassen oder zur Erntezeit Mähdrescher geschickt«, erinnerten wir die Bar-Chefin. Und so wurden aus zwei Cocktails drei. Wir sprachen vom letzten mongolischen Generalsekretär, der mit einer russischen Ballerina verheiratet war. Sie hat ein wunderbares Buch über die Mongolei geschrieben und war in der Mongolei sehr beliebt. Aus drei Cocktails wurden vier. Ich fiel schon beinahe vom Hocker, da holte die Chefin plötzlich eine Flasche mongolischen Wodka der Marke *Mongolian Standard* aus dem Kühlschrank. Flüssige Kopfschmerzen aus der Steppe. Doch die russisch-mongolische Freundschaft ging natürlich über alles. Zu viert leerten wir die Flasche. Greta

Garbo und Marlene Dietrich schnitten die ganze Zeit Grimassen, Gagarin zwinkerte uns zu.

Am nächsten Tag gallopierte in meinem Kopf eine ganze Dschingis-Khan-Horde durch eine Steppe, die ganz sicher vom *Mongolian Standard* verursacht worden war. Kein deutsches Aspirin war der Attacke gewachsen. Ich konnte mich auf nichts konzentrieren, denn in Gedanken war ich noch immer in dieser mongolischen Cocktailbar. Ich versuchte, mich an Einzelheiten des Abends zu erinnern. Die Chefin hatte uns ihren sogenannten Dschingis-Khan-Fleck zeigen wollen, den angeblich alle Asiaten auf dem Hintern hatten. Eine Deutsche, die sich zu uns gesellt hatte, meinte dazu, auch sie hätte einen solchen Fleck, obwohl sie nie in Asien war. Ich entgegnete, die Russen hätten auch etwas, und zwar einen großen Impffleck auf der linken Schulter, damit erkennen sie einander am Strand oder im Bett. Ich konnte mich jedoch nicht erinnern, ob wir einander die Flecke gezeigt oder nur damit gedroht hatten. Das Ambiente und das ganze Gespräch erinnerten mich auf jeden Fall stark an meine Heimat. Es ist klar: Wenn wir das nächste Mal Heimweh bekommen, gehen wir zu Gagarin in die mongolische Cocktailbar.

Deutsch als Spritze

Nicht nur in Amerika und Europa, auch unter den Russen bildet sich derzeit eine neue Harry-Potter-Generation: Menschen, die fest an Wunder glauben. Sie sind bereit, jede Anstrengung, die von ihnen verlangt wird, durch einen Zaubertrick zu ersetzen. Auch dann, wenn ihnen der Zaubertrick letztlich noch größere Anstrengungen abverlangt. Um beispielsweise festzustellen, ob es draußen regnet, schauen sie lieber ins Internet als aus dem Fenster.

Mein Nachbar Andrej gehört auch zu diesen Leuten, obwohl er vom Alter her durchaus der Vater von Harry Potter sein könnte. Seit einem Jahr arbeitet er bei einer deutschen Internetfirma, und seine Chefs sind mit ihm sehr zufrieden, weil er fleißig ist und nie Überstunden abrechnet. Nur eines finden seine Chefs bedauerlich: dass der Mann schon so lange in Deutschland lebt und noch immer nur einen Satz auf Deutsch kann: »Tschüss, bis zum nächsten Mal, wenn es wieder heißt: Popkonzert.« Das sagt Andrej jeden Tag zum Abschied. Seine Chefs wundern sich, aber ich finde es völlig normal. Woher soll Andrej mehr Deutsch können, wenn er die letzten Jahre vor dem Monitor verbracht hat und alle Kommunikationsprobleme hier mit seinem Schulenglisch leicht lösen kann?

Der deutsche Satz, den er aus irgendeiner Radiosendung aufgeschnappt hat, nervt seine Kollegen total. Unaufdringlich versuchten sie ihn zu überzeugen, doch noch ein paar zusätzliche Äußerungen dazu zu lernen. »Du bist intelligent, du schaffst es«, ermunterten ihn seine Chefs vor zwei Wochen und schickten ihn in unbezahlten Urlaub. Andrej fühlte sich daraufhin von den Kollegen verraten und in seiner Existenz bedroht. In eine Sprachschule zu gehen, kam für ihn nicht in Frage.

»Das ist pure Zeitverschwendung«, meinte er. »Es muss doch eine Alternative geben, die einem den Einstieg in eine Fremdsprache innerhalb kürzester Zeit ermöglicht«, sinnierte er bei uns in der Küche.

»Aber natürlich gibt es so etwas«, bestätigte ich

und zeigte ihm eine Annonce in der russischsprachigen Zeitung, die bei uns seit Monaten für gute Laune sorgt: »Geheime Kreml-Medizin wird zum Gemeingut des Volkes: Erlernen Sie eine Fremdsprache in 24 Stunden. Deutsch als Spritze« stand da. In einem kleinen Werbetext erwähnt der Anbieter geheime Medikamente, die man früher zur Unterstützung des regierenden Parteiapparats in sowjetischen Forschungslaboren entwickelt hatte. Auf diese Weise lernte beispielsweise Gorbatschow Englisch, und Jelzin konnte sich dadurch mit Kohl unter vier Augen unterhalten – behauptet jedenfalls der Anbieter. Ich hielt diese Annonce schlicht für eine Verarschung. Andrej hatte auch seine Zweifel. Er glaubte nicht, dass sich Gorbatschow sein Englisch hatte einspritzen lassen: »Dafür hat er einen viel zu starken Akzent.«

In der Annonce stand zwar, dass man unmittelbar nach der Injektion eine Fremdsprache sprechen kann, aber nirgendwo war erwähnt, dass jemand sie auch verstand. Wir saßen bei mir in der Küche und amüsierten uns über all die Leichtgläubigen, die sich das Zeug schon gespritzt hatten und sich nun selbst nicht mehr verstanden. Plötzlich stieß Andrej auf eine andere kleine Annonce, die ich übersehen hatte: »Tausende danken Doktor Hoffmann! Deutsch unter Hypnose: Ohne Sprachschule und ohne besondere

Vorkenntnisse lernen Sie Deutsch in 30 Stunden!«, behauptete der Doktor. Sein Kurs »Selbstlernen unter Hypnose« kostete nur 159,– Euro plus Versandkosten. Dafür bekäme man ein Buch des Autors, eine Audiokassette und ein Meditationsobjekt, um sich selbst zu hypnotisieren. Auf dem Photo sah Doktor Hoffmann sehr seriös aus. »An Ihren Wahrnehmungszentren vorbei wird die Fremdsprache direkt auf die Festplatte Ihres Unterbewusstseins gespeichert«, stand unter dem Bild.

Der wichtigste Teil des Kurses war die Audiokassette. »36 Linguisten aus der ganzen Welt haben sechs Jahre hart gearbeitet, um diese 90-Minuten-Aufnahme zu entwickeln. Und jeder, der sich diese Kassette zwölfmal unter Hypnose anhört, wird die Fremdsprache seiner Wahl beherrschen können«, behauptete Doktor Hoffmann. Ich schenkte auch dieser Annonce keinen Glauben. Besonderes merkwürdig schien mir, dass alle Zahlen, die Doktor Hoffmann verwendete, um die Einmaligkeit seines Kurses zu beweisen, durch sechs teilbar waren. Für mich war das ein eindeutiges Zeichen für den Wahnsinn des Doktors. Doch Andrejs Augen glänzten. Vielleicht war es der Vergleich seines Unterbewusstseins mit einer Festplatte, der ihn überzeugte. Im Nu war er fest entschlossen, diese Methode auszuprobieren.

»Wer sind all diese Tausende, die dem Doktor danken? Ich kenne keinen einzigen, der sein Sprachpaket gekauft hat«, appellierte ich an Andrejs Vernunft.

Er war aber nicht mehr zu retten. »Es gibt so manches, Freund Horatio«, zitierte er voller Pathos Shakespeare, »wovon du keine Ahnung hast.« Zu mir gewandt, sagte er: »Du bist ein Zyniker und viel zu misstrauisch. Doch so kommen wir nicht weiter. Ich will Doktor Hoffmann eine Chance geben. Selbst, wenn ich der Erste bin, der ihm nachher dankt.«

Am nächsten Tag überwies Andrej tatsächlich 159,– Euro an Doktor Hoffmann, und schon drei Tage später bekam er von einem Kurierdienst einen Karton ausgehändigt. Mit diesem Karton kreuzte er dann wieder bei mir auf, denn so groß war sein Vertrauen in den Doktor doch nicht. Er wollte nicht allein in hypnotisiertem Zustand in der Wohnung sitzen. Wir packten das Paket zusammen aus. Laut beiliegender Instruktion sollte der Fremdsprachenliebhaber zuerst die Broschüre lesen, dann das Meditationsobjekt – eine kleine silberne Kugel, die an einer Schaukel hing – mit Hilfe von zwei Elektrobatterien in Bewegung setzen, dann die Kassette in den Rekorder schieben, Kopfhörer aufsetzen und sich in einem Sessel entspannen. So einfach war das Ganze.

Andrej wollte wissen, wie man feststellt, ob man schon hypnotisiert war oder erst auf dem Weg dahin.

Darüber konnten wir in dem Buch keine Informationen finden, dafür jedoch zahlreiche Tipps, was zu tun war, wenn die Sache schiefging. Doktor Hoffmann beschrieb ausführlich die am häufigsten auftretenden Probleme und Fragen seiner Patienten:

»Sie haben sich die Kassette zwölfmal angehört, können aber die von Ihnen gewünschte Fremdsprache noch immer nicht. Das bedeutet: Ihr Unterbewusstsein ist überlastet und kann die Informationen nicht ordnungsgemäß speichern. Machen Sie einfach eine Pause. Gehen Sie an die frische Luft, versuchen Sie, ein paar Tage nicht zu trinken und nicht zu rauchen. Schlafen Sie sich gut aus, und dann versuchen Sie es mit der Kassette erneut.«

Oder: »Sie haben sich die Kassette mehrmals angehört und nun das Gefühl, dass Sie die von Ihnen gewünschte Fremdsprache fließend können. Sie wird aber als solche von Ihrer Umwelt nicht erkannt. Keiner versteht Sie. Bewahren Sie Ruhe. Das Unterbewusstsein der meisten unserer Mitmenschen ist ebenfalls oft überlastet. Reagieren Sie nicht auf Spott. Gehen Sie an die frische Luft, versuchen Sie, ein paar Tage nicht zu trinken und nicht zu rauchen. Schlafen Sie sich gut aus, und versuchen Sie es dann mit der Kassette erneut.«

Weiter hieß es: »Sie haben sich die Kassette zwölfmal angehört und beherrschen nun eine Fremdsprache, aber nicht die, die Sie sich gewünscht haben. Sie und Ihre Mitmenschen sind überzeugt, dass es sich um eine Fremdsprache handelt, aber keiner weiß, um welche. Bewahren Sie Ruhe. Wenden Sie sich an den Hersteller. Unsere Spezialisten stehen Ihnen rund um die Uhr zu Verfügung.«

Vorsichtig erkundigte ich mich bei Andrej, ob angesichts dieser Informationen seine Opferbereitschaft in Bezug auf den Fortschritt nicht doch etwas übertrieben war.

»Stell dir mal vor«, sagte ich zu ihm, »du hörst dir die Kassette ein paarmal an und kannst anschließend gar keine Sprache mehr. Das wäre doch auch möglich. Dann kannst du dich auch nicht mehr an den Hersteller wenden, nicht mal an die Polizei oder den Notarzt, dann bist du erledigt.«

»Stimmt nicht«, sagte Andrej, »ich kann immer noch E-Mails schreiben.«

Mir wurde klar, wie ernst ihm die Sache war. Ich versprach, in der Nähe zu bleiben, für alle Fälle, und verdrückte mich in die Küche. Eine Stunde lang hörte ich Andrej im Wohnzimmer fluchen: Sein Organismus wehrte sich und wollte nicht hypnotisiert werden. Doch irgendwann wurde es still in der Wohnung. Man konnte fast hören, wie die Audiokassette im Rekorder quietschte und die gewünschte Fremdsprache in Andrejs Unterbewusstsein tropfte. Ich las –

zum vierzigsten Mal – *Anna Karenina* und fand das Werk erneut faszinierend. Als ich das Kapitel über den ausländischen Prinzen gerade durchhatte, erschien Andrej in der Küche. Er sah müde, aber zufrieden aus.

»Na, wie geht es dir, mein Freund?«, fragte ich ihn vorsichtig.

Er zündete sich schweigend eine Zigarette an. Dann sagte er in nahezu perfektem Deutsch:

»Tschüss, bis zum nächsten Mal, wenn es wieder heißt: Popkonzert« – und lachte.

Der Enkel des Partisanen

Die Wege der Ausländer, die in Deutschland landen, sind verschlungen. Ich kenne Landsleute, die als wertvolle Computerspezialisten nach Deutschland gekommen sind, andere werden als politische Flüchtlinge anerkannt. Manche kommen als Russlanddeutsche, im Zuge der Zusammenführung von Blut und Boden, und einige geben an, sie würden eine Million in die deutsche Wirtschaft investieren und bekommen dadurch ein Aufenthaltsrecht. Mein Nachbar Sergej gehört zu der wahrscheinlich kleinsten Minderheit der Einwanderer: Er kam als Enkel eines weißrussischen Partisanen nach Deutschland, eingeladen von einem deutschen Kriegsveteranen.

Der Enkel des Partisanen

In seiner Heimatstadt Gomel, der zweitgrößten Stadt Weißrusslands, gehörte Sergej zu den Studenten, die Deutsch statt Englisch oder Französisch lernten. Eine Perversität. Aber er behauptete, er fände den Klang der deutschen Sprache attraktiv. In der Regel sind Menschen, die kein Deutsch verstehen, von dieser Sprache alles andere als begeistert. Man sagt, Englisch höre sich an wie ein Popsong, Französisch wie ein Kuss, Russisch wie ein Trinkspruch und Deutsch wie Husten. Deutsch zu lernen ist an der russischen Universität der beste Weg, ein Außenseiter zu werden. Sergej studierte Deutsch beinahe im Alleingang.

Doch in den späten Neunzigerjahren kamen immer häufiger Touristen aus Deutschland nach Weißrussland, und Sergejs Sprachkenntnisse zahlten sich aus. Er wurde von einem Reisebüro, als persönlicher Dolmetscher und Betreuer für Reisende angeheuert, die nicht in Gruppen, sondern alleine, auf eigene Faust, durch Weißrussland reisten. Diese Einzeltouristen waren komische Menschen. Niemand von ihnen kam nach Weißrussland, um einfach ein wenig in den Wäldern spazieren zu gehen. Sie alle hatten einen Plan. In der Regel ging es um die Rettung der Menschheit oder einzelner Personen. Bei der Erfüllung dieses Plans waren sie jedoch auf die Hilfe eines erfahrenen Dolmetschers angewiesen. Sergej finanzierte mit diesem Job seine damaligen Hobbys, Boxen und Rapmusik. Zusammen mit ein paar Freunden gründete er die erste weißrussische Rapband und richtete ein Tonstudio ein. Sie rappten in ihrer Heimatsprache, aber anders als der amerikanische Rap war der weißrussische nicht böse oder aggressiv, nicht einmal sozialkritisch. In ihren Rapsongs ging es hauptsächlich um schnelle Autos und um Frauen, auf die immer Verlass war.

So verging das Leben. Sergej studierte Politologie, rappte, boxte, lernte weiter Deutsch und versuchte in der übrig gebliebenen Zeit, den deutschen Touristen zu helfen. Das war nicht leicht. Der eine wollte Hilfsgüter in ein Waisenhaus bringen und sie eigenhändig unter den bedürftigen Kindern verteilen, damit die Erwachsenen nichts für sich abgriffen. Sergej fuhr mit ihm zusammen zu einem Kinderheim, in dem die Not am größten war. Sie verteilten die Güter, und als sie die Räume dort in schlechtem Zustand vorfanden – im Schlafzimmer war sogar ein Loch in der Decke –, sorgte der Deutsche dafür, dass das Dach repariert wurde. Ein anderer Tourist wollte unbedingt Tschernobyl besuchen, um die Natur nach der Explosion des AKW zu beobachten und beispielsweise zu sehen, wie groß die Würmer geworden waren. Sergej fand ein Loch im Zaun, der seit 1987 geschlossenen Anlage und sie kletterten hindurch.

Ein dritter Tourist wollte unbedingt mit Einheimischen um die Wette saufen: Sergej stellte sich ihm als Mittrinker zur Verfügung. Ein vierter wollte ein einheimisches Mädchen mit Riesenbrüsten aus einem Bordell retten: Sergej half ihm bei den Verhandlungen. Es war nie langweilig mit den Deutschen.

Einmal kam ein alter Mann aus Norddeutschland, der unbedingt einen Kriegsveteranen kennenlernen wollte, am liebsten einen, der auch noch in Gefangenschaft gewesen war. Der Tourist war selbst Kriegsveteran. Er hatte irgendwo in den Wäldern von Weißrussland gegen Partisanen gekämpft, war gefangen genommen worden und hatte nach dem Krieg sechs Jahre in einem sibirischen Lager überlebt. Der einfachste Weg, diesen Touristen glücklich zu machen, wäre, ihn zu Sergejs eigenem Großvater zu bringen. Dieser war ebenfalls im Krieg gewesen und besaß Orden und Auszeichnungen bis zu den Knien. Seine Uniform zog er allerdings nicht einmal am Tag des Sieges an. Sergejs Großvater war 1941 mit seiner Einheit in den Kessel bei Rowno geraten, war dann bei den Partisanen, wurde verhaftet und kam in ein KZ. Anders als die meisten Kriegsgefangenen musste er jedoch nach der Befreiung nicht auch noch einige Jahre in sowjetischen Lagern absitzen. In der Familie galt er als schwieriger Mensch mit einem leichten Knall. Er redete wenig, und vom Krieg erzählte er gar nichts. Er weigerte sich, seine Kriegsverletzungen untersuchen zu lassen, und er weigerte sich, die Granatsplitter, die er vom Krieg im Körper zurückbehalten hatte, entfernen zu lassen. Er meinte, die Granatsplitter seien ein Teil seines Körpers geworden. Sein Enkelkind liebte er über alles.

Einmal wollte der kleine Sergej unbedingt mit dem Jagdgewehr seines Großvaters schießen. Draußen saßen Gäste, die Familie feierte gerade ein Jubiläum. »Dann lass uns hier drin schießen«, quengelte der Junge. Der Großvater konnte einfach nicht nein sagen – und schoss mit Schrot in den Ofen, der daraufhin neu gesetzt werden musste. Die Oma und die anderen Frauen schrien vor Angst und Wut, aber der Großvater zuckte nur mit den Schultern und sagte: »Das Enkelkind darf einmal schießen.« Bei Tisch aß der Großvater nur mit seinem Kriegslöffel, den er aus dem deutschen Lager mitgenommen hatte. Er gab ihn nie aus der Hand, und niemand durfte den Löffel des Großvaters anfassen, außer Sergej. Der Löffel war von allen Seiten abgekaut, dünn, fast durchsichtig und auf der unteren Seite war ein Hakenkreuz eingraviert.

Sergej wusste nicht, wie sein Großvater auf den deutschen Touristen reagieren würde, ging aber das Risiko ein. Sein Plan war, mit dem Deutschen zusammen bei ihm aufzukreuzen, ihr Gespräch zu übersetzen und dann je nach dem, was kam, zu handeln. Sein Großvater ließ sie in die Wohnung, verschwand in der Küche, kam mit einer Halbliterflasche Wodka zurück, verteilte den Inhalt der Flasche auf zwei Gläser und gab eines dem Touristen. Beide leerten ihre Gläser in einem Zug, schauten einander in die Augen und weinten. Danach umarmten sie sich, und der Deutsche ging weg, ohne ein Wort zu sagen. Überhaupt war während des ganzen Treffens kein einziges Wort gefallen und Sergejs Übersetzerfähigkeiten nicht gefordert worden.

Am nächsten Tag traf er den Deutschen wieder. Dieser lud Sergej ein, ihn in seiner Heimatstadt Vechta zu besuchen. So kam Sergej zum ersten Mal nach Deutschland. Die Stadt fand er klein und hässlich, aber alle sprachen Deutsch, und es gab sogar eine Universität, die kleinste Deutschlands. Der Kriegsveteran, der ihn eingeladen hatte, galt in Vechta ebenfalls als Mann mit einem Knall – mit einem Russenknall. Während die meisten in der Stadt dicke Autos fuhren, raste er auf einem sowjetischen Motorrad der Marke *Ural* durch die Gegend, das stank und Krach machte. Auch hatte er sein Haus nicht im norddeutschen Stil, sondern mit Ornamenten nach russischer Art geschmückt.

Sergej beschloss, erst einmal ein Paar Semester in Deutschland zu studieren. Er immatrikulierte sich an der dortigen Universität, schrieb sich für BWL ein und blieb. Geld zum Leben verdiente er in einer Fabrik, die Verpackungslinien für Hühnereier produzierte. Das Studium gefiel ihm gut, die Stadt weniger. Er ging lieber in den Wald oder zum Sport als in eine Kneipe. Kaum war er mit dem Studium fertig, zog er zuerst nach Köln und dann nach Berlin. Mir erzählte er, er fühle sich in Deutschland manchmal wie ein Partisan. Wie der Nachkomme eines Partisanen.

Erdbeeren mit Sahne

Wenn in bundesdeutschem Kontext von Berlinern die Rede ist, dann heißt es fast immer, sie würden meckern. Damit wird der Zustand permanenter Unzufriedenheit und Lebensenttäuschung als einer Berliner Eigenart hervorgehoben. Anderswo sind die Menschen rundum glücklich und zufrieden. Selbst wenn ihnen eine Taube auf den Kopf kackt, lächeln sie dem Vogel dankbar hinterher und fühlen sich in die Geheimnisse der Natur eingeweiht.

Meine Erfahrung ist: Nicht die Berliner, sondern alle, die im Sozialismus aufgewachsen sind, beschweren sich dauernd über alles Mögliche. Bulgaren, Rumänen, Serben, sie alle fühlen sich verraten und verkauft, ganz zu schweigen von meinen Landsleuten, die sich selbst am stärksten bemitleiden. Man hat sie verführt, ihnen das große Glück versprochen, und das sogar zweimal: das allgemeine Glück des Kommunismus, das sich nie in ein persönliches Kleinbürgerglück verwandeln durfte und überhaupt im realen Leben nie eintraf. Und dann die linkische Lottofortune des Kapitalismus, deren einziges klares Versprechen darin bestand, die früheren Versprechungen endgültig abzulösen.

Nichts von alldem hat funktioniert. Deswegen gehen meine Landsleute nun als ewig Unzufriedene durch die Welt und meckern. Das Bett ist für sie immer zu hart, das Brot zu trocken, das Wetter zu schlecht. Für eine glückliche Zukunft, egal wie sie aussehen mag, sind sie hoffnungslos verloren. Sie wissen, alles war schon einmal da und obendrein noch besser. Dafür liebe ich sie.

Gestern in der Herbsthitze fuhr mir mein Nachbar Andrej auf dem Fahrrad über den Weg.

»Kannst du mir sagen, was das soll? Bin ich etwa nach Spanien emigriert?«, schimpft er.

Ich schüttelte nur den Kopf und sagte nichts. Es war ja sowieso eine rhetorische Frage. Spanien hätte Andrej nie Asyl gewährt.

»Ich habe doch extra Deutschland ausgewählt, wegen der ausgeglichenen Wetterverhältnisse, damit ich nach dem regnerischen und feuchten Petersburg nicht gleich in die Sonne komme. Und nun das, 32 Grad im Schatten! Mir geht dieser Klimawandel schwer auf den Geist. Soll ich jetzt etwa nach Norwegen auswandern oder nach Grönland? Ich kenne dort niemanden, was sind das für Menschen, diese Norweger? Wie leben sie, was lieben sie?«

Plötzlich donnerte und blitzte es über unseren Köpfen, die ersten Regentropfen fielen auf den grauen Asphalt. Wir verabschiedeten uns schnell. Andrej fuhr weiter, seine Unzufriedenheit blieb aber auch nach seinem Abtauchen im Regen hängen wie ein Überbleibsel aus alter Zeit, ein Appendix des Sozialismus, der sich nicht herausoperieren lässt. Egal was passiert, wir werden immer meckern. Wie in der alten sozialistischen Anekdote, in der ein Pionier seinen Lehrer fragt, was Kommunismus eigentlich ist. Der Lehrer bemüht sich, den Kommunismus in einer kindgerechten Sprache zu erklären.

»Kommunismus ist«, sagt er, »wenn du jeden Tag zum Frühstück Erdbeeren mit Sahne essen wirst.«

»Ich mag aber keine Erdbeeren mit Sahne«, erwiderte der Schüler.

»Das ist egal, du wirst sie trotzdem essen«, klärt ihn der Pädagoge auf.

Gespräche über die Ewigkeit

Mein Freund Sergej feierte seinen dreiunddreißigsten Geburtstag im engen Kreis seiner Freunde und Familienangehörigen. Ich erinnerte mich bei dieser Gelegenheit an meinen eigenen dreiunddreißigsten Geburtstag, der im bedeutungsvollen Jahr 2000 stattfand. Damals schien mir das Leben, sein abenteuerlicher Teil zumindest, endgültig aus und vorbei zu sein. Aber ich hatte mich geirrt, die Abenteuer fingen da erst an. Bei meinem Freund schlug sich der dreiunddreißigste Geburtstag in pathetischen Gefühlsausbrüchen nieder. Wir tranken Hochprozentiges und sinnierten dabei über die Ewigkeit.

»Nein, nein, ich möchte auf keinen Fall ewig leben,

dadurch macht man sich in den Augen der Mitmenschen nur lächerlich«, philosophierte Sergej. »Als Ewiglebender umgeben von Sterblichen wird man in jeder anständigen Gesellschaft schnell zur Vogelscheuche. Niemand wird mit einem solchen Menschen etwas zu tun haben wollen. Wenn du willst, dass deine Gäste schnell nach Hause gehen, lade einen Unsterblichen ein und bitte ihn, etwas Lustiges über sein ewiges Leben zu erzählen. Spätestens nach zehn Minuten wird die Party zu Ende sein«, so sah das mein Freund.

Ich stimmte ihm zu. Ein ewiges Leben als Greis konnte ich mir auch nicht vorstellen. Aber beispielsweise siebzig Jahre lang dreiunddreißig zu sein, das konnte ich mir sehr gut vorstellen. Kein Teenager mehr, ein reifer, aber vom Leben noch nicht frustrierter Mann, kein Langweiler, aber ein Romantiker geblieben, das wäre cool. Also sagte ich:

»Wenn mir eine höhere Macht zwei Optionen zur Auswahl anbieten würde: das ewige Leben als Greis oder siebzig Jahre lang dreiunddreißig, würde ich mich, ohne mit der Wimper zu zucken, gegen die Ewigkeit, aber für die verlängerte Jugend entscheiden. Ja, das würde ich tun.«

»Ich nicht«, widersprach Sergej. »Eine solche Jugend ist auf Dauer nicht cool, sie ist sogar ziemlich blöd. Als ich mit siebenundzwanzig nach Deutschland kam, war ich allein und nur auf mich selbst gestellt. Ich hatte keine Arbeit, keine Familie, nicht einmal richtige Freunde, nur einen BWL-Studienplatz, den ich noch aus eigener Tasche finanzieren musste. Ich dachte damals: Bloß die Ruhe bewahren, alles wird gut. Mein Vorbild war der unrasierte Mann aus dem Fernsehwerbespot, der für *Jever* Reklame machte. Abend für Abend fiel er mit dem Rücken in die Sanddüne, eine Flasche Bier in der Hand. Er war wie ich ganz allein in seiner norddeutschen Sandwüste: keine Staus, keine Freunde, keine Kompromisse, kein anderes Bier. Er gehörte zu meinen ersten Eindrücken aus diesem Land und war lange Zeit mein einziger Freund hier. Einer, mit dem ich mich austauschen könnte. Ich hatte eine Einzimmerwohnung mit Bett und Fernseher. Jeden Abend machte ich die Glotze an, und er war fast immer für mich da. Fast immer. Manchmal lief der Werbespot nicht. Seinetwegen bin ich sogar für eine kurze Zeit tatsächlich von Hefeweizen auf Jever umgestiegen, so gut gefiel mir dieser Mann.

Wir hatten vieles gemeinsam, vor allem diese Lebenseinstellung eines einsamen Wolfs. In ihm sah ich einen, der in den Sanddünen verloren gegangen war. Kein Geld, kein Gepäck, kein Ausweg. Ich war mehrmals in Ostfriesland, auch in Jever und in den umliegenden Dörfern. Es gab dort weit und breit keine einzige Düne. Selbst das hat mich nicht enttäuscht. Ich fühlte mich trotzdem mit dem in den Sand fallenden Mann im Geiste verbunden. Unsere Einsamkeit machte uns zu Brüdern – kein Bafög, kein guter Job, kein Dispo. Es hat gerade fürs Leben gereicht. Dann habe ich, du weißt schon wen, kennengelernt, bin umgezogen, wir zogen zusammen, es lief nicht immer gut, aber ab da war mein Lebensgefühl ein anderes. Und wenn ich heute zurückblicke, gut, ich bin sechs Jahre älter geworden, ein bloßes Sekündchen angesichts der Ewigkeit. Aber es hat sich so viel verändert in meinem Leben, und manches sogar zum Guten. Der Jever-Mensch aber ist der Gleiche geblieben, er fällt weiter in den Dünen um, mit der gleichen Flasche in der Hand, mit dem gleichen leeren Gesichtsausdruck, er hat denselben Mantel an, und nichts hat sich in seinem Leben verändert: keine Frauen, keine Kinder, keine Freunde, keine Ahnung, wie er das durchhält.«

Die Mutter (nicht von Gorki)

Sergejs Mutter wurde von ihrem langjährigen Lebensgefährten, einem dicken lebensfrohen weißrussischen Sparkassenchef, sitzengelassen.

»Irina«, meinte er zum Abschied bedrückt, »ich habe eine ungeheure Leidenschaft kennengelernt und muss nun mit diesen neuen Gefühlen klarkommen. Du hast Format, du bist eine großartige Frau, warte auf mich, wenn du kannst.«

Der freiwillige Nachrichtendienst aus der Nachbarschaft berichtete; die ungeheure Leidenschaft sei ein zwanzigjähriges Mädchen mit riesiger Oberweite. Irina packte die Koffer und fuhr nach Berlin zu ihrem Sohn, den sie sehr lange nicht gesehen hatte.

Die Mutter (nicht von Gorki)

Sergej freute sich natürlich, nur hatte er jede Menge zu tun – zwei Jobs, ein Studium und dazu nun noch eine Mutter in der Krise. Anfangs fiel diese Mutter in dem allgemeinen Chaos nicht auf. Sie verbrachte die meiste Zeit in der Küche und sang leise vor sich hin – russisches Volksliedgut:

> *Wenn ich sterbe,*
> *Wenn ich sterbe,*
> *Und begraben werde,*
> *Keine Sau weint eine Träne*
> *Mir nach...*

Sie braucht dringend einen neuen Freund, dachten wir und brachten unseren Nachbarn auf die Idee, eine Annonce in der russischsprachigen Zeitung aufzugeben: »Sympathische Frau aus Russland, 53 Jahre alt, würde gern einen intelligenten, einfallsreichen, sensiblen Mann ab 45 kennenlernen – und nicht irgendeinen selbstgeilen Fettarsch.« Bereits einen Tag nach Erscheinen der Zeitung kamen die ersten Anrufe. Irina ging nicht ans Telefon, aber ihre Stimmung verbesserte sich erheblich. Sie saß nicht mehr wie ein Trauerkloß in der Küche, sondern lief in der Wohnung herum und sang halblaut einen alten sozialistischen Schlager:

Die Mutter (nicht von Gorki)

Alles ist möglich, alles zum Greifen nah...

»Irina, Sie dürfen diese Menschen nicht einfach so abblitzen lassen, gehen Sie doch ran«, sagten wir immer wieder zu ihr.

Nach zwei Tagen ging sie tatsächlich ran.

»Ja! Nein! Was denn für eine Anzeige? Sie haben sich bestimmt verwählt. Wie heißen Sie noch mal? Aus Nowosibirsk? Wie interessant, ich war mal in Nowosibirsk...«

Er war der erste Mann, der Irinas Vertrauen gewinnen konnte: ein gewisser Iwan aus Nowosibirsk, Champion im Biathlon 1969. Irina verabredete sich mit ihm, kam aber an dem Tag nicht aus der Wohnung. Sie polierte sich in der Küche die Fingernägel und sang andere optimistische Schlager aus der Sowjetzeit.

»Vielleicht war das dein Schicksal, Mama«, bemerkte Sergej vorsichtig, »Vielleicht ruft er nicht mehr an.«

»Wenn man Schicksal ist, Söhnchen, dann ruft man immer ein zweites Mal an«, meinte die Mutter philosophisch.

Iwan aus Nowosibirsk rief tatsächlich wieder an. Irina erklärte ihm, dass sie an dem Tag zu viel zu tun gehabt hätte, und sie verabredeten sich erneut. Diesmal ging sie tatsächlich zu ihrer Verabredung, kam dafür aber abends nicht nach Hause zurück. Auch am nächsten Tag kam sie nicht. Sergej meinte, so etwas sei auch schon früher in Gomel vorgekommen. Trotzdem waren er und wir alle sehr beunruhigt. Denn in gewisser Weise hatten wir seine Mutter in diesen Wirbel der Zeitungsliebe geschubst und fühlten uns nun für sie verantwortlich. Von Iwan aus Nowosibirsk fehlte jede Spur. Es gab weder eine Telefonnummer noch eine Adresse. Sergej ging zur Polizei und erstattete Vermisstenanzeige. In dem Moment, als er zurückkam, tauchte seine Mutter auf. Sie konnte unsere Aufregung überhaupt nicht verstehen und wollte nichts darüber erzählen, wo sie die letzten drei Tage verbracht hatte. Nur so viel: Ihr Iwan hätte ihr alle seine Biathlon-Medaillen und -Pokale zeigen wollen, deswegen hätte es so lange gedauert. Insgesamt bezeichnete sie ihren neuen Freund als »zu sportlich«.

Danach meldeten sich in loser Folge ein intelligenter Professor aus Potsdam, der ihr die Stadt zeigen wollte und sie ins dortige Theater einlud; ein Hobbykoch aus Charlottenburg, der sie zum Grünen-Tee-Trinken überredete; außerdem in regelmäßigen Abständen immer wieder der sportliche Iwan aus Nowosibirsk, der mit Irina zur Biathlon-Meisterschaft ins norwegische Hammarskjöld aufbrechen wollte.

Der Klub der Mutterfreunde wuchs kontinuierlich, das Telefon in der Russen-WG war ständig belegt. Irgendwann meldete sich auch noch der verflossene Sparkassenchef aus der Heimat. Mit Tränen in der Stimme bat er Irina zurückzukommen, die ungeheure Leidenschaft mit der riesigen Oberweite hatte sich früher als erhofft erschöpft. Ihrem Sohn gegenüber hielt Irina ihre Lebenspläne geheim. Sie brauche Zeit zum Nachdenken, sagte sie nur. Nach einem Monat erzählte Sergej, seine Mutter wäre nach Russland zurückgefahren. Ich glaubte nicht daran.

Alles war möglich, alles zum Greifen nah: Möglich wäre zum Beispiel, dass sie gleich hinter Wannsee bei ihrem Professor ausgestiegen und in Potsdam hängengeblieben war. Weniger realistisch war, dass sie zu dem Sparkassenchef nach Gomel zurückkehrte. Ich, als alter Biathlonfan, tippte auf den sportlichen Iwan aus Nowosibirsk.

Noch Monate später bekamen die Jungs in der WG seltsame Anrufe: männliche Stimmen, die nach Irina verlangten.

»Sie wohnt nicht mehr hier«, antwortete Sergej. »Sie ist weg. Aber vielleicht kommt sie wieder – im nächsten Jahr. Lesen Sie die Annoncen. Ja, nein, Sie auch, nichts zu danken. Auf Wiedersehen.«

Ein ungewöhnliches Konzert

Mein Nachbar Andrej hatte Besuch. Sein Vater war aus St. Petersburg angereist, um den Sohn zu kontrollieren. Ich staunte nicht schlecht, wie ein Vaterbesuch einen beinahe Dreißigjährigen dermaßen in Aufregung versetzen konnte. Andrej rasierte seinen coolen Dreitagebart ab, zog sich ein Hemd statt eines Pullovers an und hörte vorübergehend auf zu rauchen. Mich lud er zum gemeinsamen Abendessen mit Papa ein und schilderte kurz den Kreis der Themen, die in Anwesenheit des Vaters nicht erwähnt werden durften. Dazu gehörte Andrejs Privatleben, seine berufliche und finanzielle Situation, sein kaputtes Auto, seine alltäglichen Gewohnheiten sowie auch so ziemlich alles, was in irgendeiner Weise etwas mit ihm zu tun haben konnte.

»Worüber sollen wir denn stattdessen sprechen?«, wunderte ich mich.

»Frag ihn nach seinem Saxophon, alles andere ergibt sich von alleine«, meinte Andrej.

Ich dachte, sein Vater wäre Mathematiker von Beruf, ein Programmierer oder etwas Ähnliches. Ich hätte nie auf Musiker getippt, nie im Leben.

Das Abendessen verlief langweilig. Andrejs Vater sah mit seinen sechzig Jahren noch sehr frisch aus, vor allem aber seinem Sohn erstaunlich ähnlich. Er trug einen Dreitagebart, einen Pullover, trank Whisky aus einem großen Glas, schimpfte auf Deutschland und die Welt und benahm sich auch sonst wie sein Sohn, wenn er gerade keinen Vaterbesuch hatte. Die Flasche zwölf Jahre alten *Bowmore* hatte Andrej sehr preiswert bei einem Vietnamesen gekauft, der Whisky musste noch unter den Kommunisten gebrannt worden sein. Es war ein Experiment. Wir versuchten nach Möglichkeit, vorsichtig damit umzugehen, denn die Erinnerung an den mongolischen Whisky vom letzten Jahr war noch frisch.

Die Situation am Tisch eskalierte langsam. Aus Mangel an Themen fragte ich Andrejs Vater über seine musikalische Karriere aus. Er hatte anscheinend nichts Aufregendes zu berichten. Drei Jahrzehnte lang hatte er in einer ganzen Reihe von Popkollektiven, Gruppen und Bands gespielt, von denen wir nie etwas gehört hatten. Auch war er mit vielen berühmten Persönlichkeiten auf einer Bühne gestanden, die wir nicht kannten. Über zeitgenössische Musik schimpfte der Vater heftig, besonders Rapper schienen bei ihm in Missgunst gefallen zu sein. Sie waren seiner Meinung nach allesamt Pfeifen, die weder singen noch spielen konnten und diesen Mangel an musikalischem Talent mit Aggressivität und dummen Sprüchen kaschierten. Grundsätzlich mangele es der modernen Musik an Inspiration, klagte Andrejs Vater. Die jungen Musiker würden nur noch ans Geld denken, sie hätten nichts vorzuweisen außer dem Wunsch, schnell reich und berühmt zu werden. Doch der Ruhm halte heutzutage nicht länger als fünfzehn Sekunden, und wirklich reich werden nur die Manager, die sowieso immer alle Fäden in der Hand halten.

»Alles Arschlöcher!«, beendete Andrejs Vater seine Tirade, als würde er einen Toast ausbringen. »Was auch immer sie tun, der letzte wahre Rock'n'Roller wird John Lennon bleiben. Ich bin stolz, mit diesem Mann auf einer Bühne gestanden zu haben.«

Nach diesem Geständnis breitete sich Schweigen aus. Zu diesem Zeitpunkt hatten wir bereits zwei Flaschen *Bowmore* geleert und eine dritte angebrochen.

Ein ungewöhnliches Konzert

Keine Überdosis also, die erwachsene Menschen auf eine Bühne mit John Lennon bringen konnte.

»Dieses ungewöhnliche Konzert war eine der eindringlichsten Erfahrungen in meiner beruflichen Karriere«, fuhr der Vater weiter fort.

»Du hast mir früher nie etwas davon erzählt, Papa«, mischte sich der Sohn ein. »Wer hat noch mitgespielt? Vielleicht Mick Jagger? Bob Dylan? Elvis Presley?«

»Arschloch!«, regte sich sein Papa auf. »Von solchen Arschlöchern wurde John Lennon ermordet. Er hatte eine sehr große Anziehungskraft auf die Menschen, und ich habe schon damals zu ihm gesagt, John, sie werden dich killen, wenn du so weiter machst. Ich sollte euch darüber lieber nichts erzählen. Ihr glaubt, ihr kennt alle Geschichten, weil ihr ein Mal im Leben ein dickes Buch gelesen habt. Aber die Geschichte lebt nicht in dicken Büchern, sie lebt in den Herzen und der Erinnerung der Menschen!«

Andrejs Vater trank seinen Whisky aus. Wir waren verwirrt. Alle Welt wusste doch, dass John Lennon nie in seinem Leben die Sowjetunion besucht hatte. Andrejs Vater hatte wiederum die Sowjetunion niemals verlassen, die beiden konnten also unmöglich gemeinsam auf der Bühne gestanden haben. Als wir ihn mit diesen Tatsachen konfrontierten, bekamen wir seine Version zu hören.

Andrejs Vater behauptete im Ernst, 1966 in der

Hauptstadt der usbekischen Republik im dortigen *Café Flamingo* während einer Hochzeit mit John Lennon persönlich »*All you need is love*« gesungen zu haben. Anfang der Sechzigerjahre hatte er sein Studium als Klarinettist an der Musikakademie in St. Petersburg abgeschlossen und wurde für fünf Jahre nach Taschkent in die dortige Philharmonie abkommandiert. Er hatte da zehn Pflichtkonzerte im Monat abzuleisten, den Rest der Zeit versuchte Andrejs Vater seine Finanzen mit Restaurantauftritten aufzubessern. Mit drei Philharmonie-Kollegen gründete er eine Band und »hackte die Kohle«, wie es damals hieß, auf Hochzeiten, Geburtstagen oder einfach auf den bekannten Tanzflächen der usbekischen Hauptstadt. Unter anderem in dem seinerzeit berüchtigten *Café Flamingo*.

Dort fand einmal eine stinknormale Hochzeit mit dreihundert Gästen statt. Die Band von Andrejs Vater galt in der Stadt als sehr progressiv, sie spielten schon damals Cliff Richard, Paul Anka und auch die Beatles: »*Can't buy me love*« zum Beispiel. Zum Zeitpunkt der Hochzeit flogen die Beatles gerade aus Indien nach London zurück mit einer Zwischenlandung in Taschkent. Die kurze Pause, die zum Auftanken vorgesehen war, wollten die Beatles nicht am Flughafen verbringen. Sie bekamen ein Kurzvisum für drei Stunden und fuhren in Begleitung eines

Polizeiwagens in die Stadt. Als sie am *Café Flamingo* vorbeikamen, uferte die Hochzeit dort bereits aus zu einem wilden Konzert mit Tanzen auf dem Hof. John und Co. wurden von dem Brautpaar sofort aufgefordert, auf ihr Wohl zu trinken, wie vermutlich jeder andere, der dort um diese Zeit vorbeikam.

Die Hochzeit und vor allem die Band sollen John sehr gut gefallen haben, besonders beeindruckt war er von dem Saxophonisten. Andrejs Vater spielte zu Ehren des ausländischen Gastes die Marseillaise, und John wurde auf die Bühne gezerrt. Er musste nach alter usbekischer Sitte dem Brautpaar ein Gedicht oder ein Lied widmen. Lennon nahm die Gitarre, griff die letzten Akkorde der Marseillaise auf und sang dazu »*All you need is love*«. Er hätte beinahe sein Flugzeug verpasst, erzählte uns der Vater.

»Ein Jahr später wurde dieser Song überall auf der Welt zu einem Riesenhit, und alle dachten, John hat dieses Lied geschrieben, um gegen den Vietnamkrieg zu protestieren. In Wirklichkeit hatte er damit nur ein Brautpaar in Taschkent begrüßt, und ich spielte als Erster das Solo auf dem Saxophon«, beendete Andrejs Vater stolz seine Erzählung.

»Warum hast du dich denn nicht mit Lennon fotografieren oder ihn etwas signieren lassen?«, fragte Andrej, der dabei wahrscheinlich an eBay und seine finanziellen Probleme dachte.

Der Vater machte eine Pause und nahm einen Schluck.

»Natürlich habe ich das gemacht«, sagte er. »Ich habe ihn sogar um ein Autogramm gebeten, hier auf dem Arm.« Der Vater zeigte auf seinen linken Arm. »Nur habe ich das Autogramm noch in der gleichen Nacht weggeschwitzt. John fuhr zum Flughafen, wir hatten aber noch die ganze Nacht zu spielen. Der Film in der Kamera war defekt, und dieses Hochzeitspaar trennte sich schon im darauffolgenden Jahr.«

Die Ausreden des Vaters, warum er kein Stück von John Lennon behalten habe, klangen kindisch. Am nächsten Tag hatten alle Kopfschmerzen. Wir teilten uns eine Packung Aspirin, und nachdenklich verglich Andrej dabei seinen Vater mit dem guten zwölfjährigen Whisky. Auch wenn er hundert Jahre in einem vietnamesischen Geschäft auf einem Regal steht, bleibt er trotzdem für immer zwölf.

Väter und Söhne

Es mag nicht besonders glaubwürdig klingen, aber auch mein Leben besteht nicht nur aus Spaß. Niemand ist allein auf der Welt, und so habe ich wie jeder andere gewisse Pflichten meinen Mitmenschen gegenüber. Ich muss zum Beispiel jeden Tag unseren Hauscomputer für die ganze Familie ein- und ausschalten, neue Telefonspiele aufladen, einmal im Jahr mit den Kindern den neuen *Harry Potter* ankucken, mit ihnen Kicker und Billard spielen, mit meiner Frau zwischendurch ein alkoholisches Erfrischungsgetränk zu mir nehmen, meiner Mutter regelmäßig neue russische Fernsehserien besorgen und die Gedichte meines Vaters ins Deutsche übersetzen.

Letzteres ist mit Abstand die lästigste Pflicht. Ich mag Poesie nicht, schon gar nicht, wenn sie aus dem engeren Familienkreis stammt. Mehrmals habe ich die Gedichte meines Vaters schon in Geschichten eingebaut, bei denen sich das Publikum dann amüsierte. Sie hatten gut lachen, sie haben die Originale nicht gelesen. Deswegen suche ich stets nach passenden Ausreden, wenn mein Vater mit seinen Gedichten bei mir aufkreuzt. Er aber erfindet laufend neue Gründe, um mich mit seiner Kunst zu konfrontieren.

Vor einiger Zeit zogen meine Eltern in eine neue Wohnung um. Der Umzug inspirierte meinen Vater sofort zu einer kleinen gemeinen Dichtung, und schon einen Tag nach dem Umzug stand er mit einem DIN-A4-Blatt Papier in der Hand in meinem Arbeitszimmer und schaute mich traurig an.

»Ich muss mit dir etwas sehr Wichtiges besprechen.«

»Gedichte!«, dachte ich sofort.

Er fing aber anders an. »Mein vorletzter Umzug«, seufzte er. »Der Tod naht, bald geht es ab in Richtung Himmel.«

»Wem sagst du das, geht mir doch genauso«, beruhigte ich ihn.

»Ich habe schon mein Testament geschrieben. Alles wird dir gehören, mein Werkzeugkasten, meine

Fotos, meine Elektrosäge, meine Pflanzen und mein neuer Fernseher.«

»Das freut mich natürlich sehr«, erwiderte ich diplomatisch.

»Ich muss dir noch erzählen, wo meine Ersparnisse versteckt sind«, fuhr er fort.

»Wo denn?«, fragte ich aus purer Höflichkeit.

»Später«, wiegelte mein Vater ab. »Zuerst möchte ich dich fragen, ob du mir meinen letzten Willen erfüllen könntest.«

»Sicher, klar«, versicherte ich.

»Du musst das hier übersetzen«, er legte mit das Blatt auf den Tisch. »Das ist mein Epitaph. Ich möchte diese Zeilen auf meinen Grabstein gemeißelt haben. Du wirst mir doch einen spendieren, oder?«

Kurz zuvor hatte ich in der Zeitung gelesen, dass man neuerdings großartige Grabstätten für seine Verwandtschaft im Internet einrichten konnte: auf einer sonnigen Internetseite, deren Ruhe niemals von zufälligen Besuchern gestört wurde. Man konnte sie sich sogar automatisch einmal im Jahr zum Auffrischen der Erinnerung auf den Bildschirm holen. Ich wollte meinen Vater mit dieser virtuellen Realität jedoch nicht vorzeitig konfrontieren. Und bei seinem Epitaph dachte ich nur an ein paar Zeilen. Das Werk meines Vaters hatte jedoch sechzehn Zeilen und einen Refrain.

»Das ist kein Epitaph, Papa, das ist ein ganzes Lied«, meinte ich zu ihm. »Dazu braucht es Grabsteine von solcher Größe wie sie in unserem Jahrhundert nur noch blutrünstige Diktatoren bekommen haben – Lenin, Stalin, Mao Tse-tung. Auf ein herkömmliches Grabmal wird dieses Werk niemals passen.«

Vor allem irritierte mich, dass sein Epitaph mit meiner Adresse und Telefonnummer endete.

»Vielleicht würde der Text jemandem gefallen«, erklärte mein Vater, »alle Rechte werden dir gehören.« Wegen der Länge, sagte er, soll ich ihm Kürzungsvorschläge machen.

Ich vertiefte mich in den Text. Das Epitaph klang etwa so:

Der letzte Flug, der letzte Umzug,
Schon ruft nach mir die hohe Macht,
Sie holt mich. Wie, egal – Prostata oder Gicht.
Und weiter nur stille Kälte,
Es führt kein Weg zurück ins Licht,
Ob Krieger bist du, König oder Rentner.
Wo ist dein Thron und wo der Heimat Lohn
Für deine Arbeit, Liebe und Hingabe?
Die Heimat schweigt, wenn ich diese Fragen habe,
Es dringt nicht ein Geräusch aus der Heimat Bauch,
Sie schweigt wie Stein, dann schweige ich jetzt auch.

Mein Kürzungsvorschlag, das Ganze auf die letzte Hälfte des letzten Satzes »Dann schweige ich jetzt auch« zu reduzieren, wurde von meinem Vater entsetzt abgelehnt. Ich verwies ihn vorsichtig auf den Vater meines Nachbarn Andrej, der überhaupt nicht an den Tod denkt – im Gegenteil. Er schreibt auch keine Gedichte. Er fühlt sich noch jung, allerdings ist er auch jünger als mein Vater. Aber manchmal fühlt er sich sogar zu jung. Von meinem Vater weiß ich zumindest, worauf man sich gefasst machen muss. Der Vater von Andrej ist unberechenbar. Ich kann ihn nicht richtig einschätzen. Ein Teil von mir sagt, der Vater von Andrej ist ein grandioser Mensch mit bunter Vergangenheit, und es macht mir große Freude, ihm zuzuhören. Seine Geschichten erscheinen zunächst glaubwürdig und tiefsinnig, enden aber oft als krasse Klamotte. Ein anderer Teil von mir flüstert deswegen, dass der Vater von Andrej ein Spinner ist. Wahrscheinlich stimmt beides. Mit dieser geteilten Meinung kann ich gut leben.

Im Grunde habe ich zu jedem Mensch und jedem Ereignis geteilte Meinungen, die sich oft ausschließen. Diese Fähigkeit hat mein sechsjähriger Sohn, der sich schon jetzt nicht mehr festlegen kann, wahrscheinlich von mir geerbt. Neulich hat er deswegen beinahe geweint.

»Was soll ich tun, Papa?«, fragte er unter Tränen.

»Es ist so, als würden zwei verschiedene Menschen in mir stecken. Der eine sagt, geh sofort Computer spielen, geh sofort Computer spielen. Aber der andere sagt, geh Fernsehen kucken, geh Fernsehen kucken!«

Von einer solchen Problematik fasziniert, versuchte ich meinem Sohn zu helfen.

»Das kriegen wir schon hin, mein Junge«, sagte ich. »Wir erledigen das – eins nach dem anderen.«

»Ist da nicht noch einer in dir, der sagt, geh Hausaufgaben machen?«, erkundigte sich meine Frau.

Sebastian blickte tief in sich hinein und fand diesen dritten tatsächlich, der aber ganz klein, leise und unbedeutend war.

Zurück zu Andrejs Vater: Während seines letzten Besuchs bei seinem Sohn ging er auf die Schönhauser Allee, um einzukaufen und kam mit einer neuen Reggae-Jeansjacke wieder, die eigentlich nur Minderjährige tragen. Uns erzählte er, wie es zu diesem Kauf gekommen war. Er war zufällig an dem coolen Geschäft *Fuck Mode*, mit orangefarbenen Guantanamo-T-Shirts in den Schaufenstern vorbeigegangen. Dort hat ihn plötzlich der Jugendwahn erfasst.

»Wie oft habe ich von solchen Klamotten geträumt, damals in den Siebzigern«, erzählte er. »Besonders hatte es mir eine Jacke mit Jimi Hendrix auf dem Rücken angetan. So eine hatte unser Schlagzeuger von seiner Tante aus England geschenkt bekommen. Ich wollte ihm die Jacke damals abkaufen, er verlangte aber fünfhundert Rubel dafür, eine Unsumme, so viel hatte ich nicht. Nun stand ich plötzlich vor diesem Laden und sah sie, die Jacke meiner Träume – dort im Schaufenster. Sie war nicht einmal teuer. Da dachte ich, was soll's, ich habe jetzt Geld, ich habe jetzt Mumm, und ich bin noch immer ein großer Fan von Jimi Hendrix. Ich kaufe sie mir einfach. Bin rein in den Laden und habe die Jacke sofort angezogen. Die gepiercten Verkäufer haben mich komisch angesehen, und eine Frau auf der Straße hat mich angelächelt. Sie dachten wahrscheinlich, dieser alte Sack, jetzt ist er fällig geworden. Doch mir ist egal, was sie denken. Ich habe in dieser Jacke das Gefühl, endlich ich selbst zu sein! Das hat mir in den letzten Jahren so gefehlt. Ich wurde so oft von meinen Mitmenschen missverstanden, nur weil ich in falschen Klamotten steckte. Jetzt aber kann ich mein wahres Gesicht zeigen. Ja, Jimi Hendrix war ein Gott, seine Musik zeigte mir den Weg und erwärmte mein Herz«, beendete der Vater seine Erzählung.

Andrej und ich betrachteten seinen Kauf mit Erstaunen.

»Eins verstehe ich nicht«, sagte Andrej schließlich. »Wenn du ein so großer Fan von Jimi Hendrix bist, warum kaufst du dir dann eine Jacke mit Bob Marley auf dem Rücken?«

Für seinen Vater war diese Bemerkung ein harter Schlag, ein K.O. Er zog die Jacke aus, setzte die Brille auf und studierte aufmerksam das Porträt. Kein Zweifel, ein Fehlkauf.

»Ein Glück, dass er nicht Che Guevara erwischt hat«, meinte Andrej trocken.

Plüschtiere aus Schlobin

Bei uns im Korridor zwischen dem Schuhschrank und dem Garderobenständer steht ein rosaroter Panther, der in der Dunkelheit leuchtet: ein weißrussisches Plüschtier, das wir von unserem Nachbarn Sergej geschenkt bekommen haben und das regelmäßig Gäste erschreckt, wenn sie sich zum Beispiel die Schnürsenkel binden und der Panther ihnen plötzlich in den Rücken fällt. Viele fürchten sich vor ihm. Der weißrussische Panther sieht nämlich gar nicht niedlich aus, sondern wie ein geschlachtetes Raubtier. Genauer gesagt: wie ein echter Panther aus Afrika, der sich nach Weißrussland abgesetzt und sich in den dortigen Wäldern und Sümpfen versteckt hat, dann aber von der weißrussischen Polizei gefangen genommen und gefoltert wurde. Er verriet aber seine Identität nicht und starb schließlich einen Heldentod durch mehrfaches Erschießen und Erhängen. Anschließend stopften die Weißrussen den Kadaver aus und verkauften ihn als Plüschtier an die Touristen.

Dieser Panther ist nicht das einzige weißrussische Plüschtier in unserem Haus. Meine Nachbarn aus der Russen-WG haben noch ein Kamel und ein Eichhörnchen beide groß wie Kühlschränke, in der Wohnung stehen. Immer wenn Sergej seine weißrussische Heimat, die Stadt Gomel besucht, packt ihm seine Mutter ein Plüschtier ein.

»Nein, Mama«, wehrt sich Sergej jedes Mal vergeblich. »Ich kann diesen Löwen bzw. das Schweinchen oder Känguru unmöglich nach Berlin mitnehmen! Ein erwachsener Mann mit einem Riesenplüschtier im Arm – willst du, dass halb Europa über mich lacht?«

»Aber es ist so niedlich, so kuschelig«, lässt die Mutter nicht locker. »Du kannst das Tierchen deiner Freundin schenken. Wenn du es ins Bett legst, wird sie begeistert sein!«

»Wenn ich dieses Tierchen mit ins Bett nehme, wird dort kein Platz mehr für meine Freundin sein. Dann werde ich mein Leben lang nur mit diesem Tierchen schlafen müssen!«, regt sich Sergej auf.

»Musst du nicht«, beruhigt ihn die Mutter. »Ich schenke dir nächstes Jahr ein neues, ein anderes Tierchen. Willst du einen Eisbären?«

Natürlich sagt Sergej am Ende ja und nimmt das Tierchen mit, weil es sinnlos ist, mit seiner Mutter zu streiten. Zu Hause in Berlin versucht er, das Tier zu entsorgen, indem er es zum Beispiel an uns oder andere Bekannte weiterverschenkte. Das klappt nicht immer. Ost ist Ost, und West ist West, sie werden einander nie verstehen. Obwohl die Plüschtierbesessenheit der Weißrussen eigentlich leicht nachzuvollziehen ist. Sie erklärt sich aus der kapitalistischen Entwicklung der weißrussischen Stadt Schlobin in der Nähe von Gomel und dem Widerstand, den die Bewohner dieser Entwicklung entgegenbrachten. In Schlobin steht die berühmte Fabrik namens *Schlobinskaja Fabrika für weiche Spielzeugproduktion*. In der sozialistischen Planwirtschaft wurde sie dazu auserkoren, die ganze Sowjetunion – ein Sechstel der gesamten Erdoberfläche, wie uns in der in der Schule erzählt wurde – mit weichem Spielzeug zu beliefern. Die Bevölkerung von Schlobin war vollzählig in die Produktion des weichen Spielzeuges involviert.

Nach der Auflösung der Sowjetunion war von einem Sechstel der Erdoberfläche nur wenig übrig geblieben. Die Fabrik drosselte die Produktion von weichem Spielzeug soweit es ging, trotzdem produzierte sie immer noch viel mehr als sie verkaufte. Denn die frischgebackenen unabhängigen Republiken wollten ihre Unabhängigkeit weiter ausbauen und kauften ihr Spielzeug fortan nicht mehr beim Nachbarn, sondern in China. Obwohl jeder wusste, dass die Chinesen ihre Plüschtiere aus giftigen Materialien herstellen, die sich auf die zukünftige Potenz der Kinder negativ auswirken konnte. Man erzählte sich, dass die Chinesen durch dieses Spielzeug die Geburtenrate im eigenen Land bereits deutlich gesenkt hatten.

In den anderen weißrussischen Städten, die sich auf die Produktion von Dünger oder Traktoren spezialisiert hatten, in den Kolchosen, die zu Agrarfarmen umgewandelt waren, kamen und kommen die Bewohner noch irgendwie über die Runden. Aber die Arbeiter von Schlobin sahen schwarz. Der Stadt drohten die totale Arbeitslosigkeit, Elend und Not. Der Betrieb musste sich an die neue Zeit anpassen – nur wie? Die neu eingerichtete Produktionslinie für »sprechende Sexplüschtiere« konnte allein keine dauerhafte Lösung bringen. Die Fabrikleitung beriet sich mit Politikern, dann schlug sie ihren Arbeitern vor, zwei Drittel des Gehaltes künftig statt in Geld in Fabrikprodukten, das hieß in Plüschtieren, auszubezahlen. Nur so könnte die Fabrik die schweren Zeiten überleben und weitere Entlassungen vermeiden.

Die Arbeiter atmeten tief ein und stimmten dem Angebot schließlich zu.

Damals, vor zehn Jahren, konnte niemand ahnen, welche Auswirkungen diese Entscheidung auf das Stadtbild und die Lebensgewohnheiten der Einwohner haben würde. Inzwischen hat sich die halbe Stadt in einen Spielzeugmarkt verwandelt. Man kann in Schlobin um 2.00 Uhr morgens noch eine Giraffe kaufen. Viele Züge, die durch Weißrussland fahren, machen in Schlobin Halt. Die Passagiere, die zum ersten Mal die Stadt besuchen, erstarren vor Schreck, wenn ihnen plötzlich stark behaarte Löwen und orangefarben gefederte Moorhühner vom Bahnsteig entgegenspringen. Bären und Mustangs laufen über die Gleise und drücken ihre Fratzen an die Fensterscheiben. Die Arbeiter von Schlobin lassen sich nur in großkalibrigen Tieren von der Fabrik entlohnen, weil sie teurer sind und sich besser verkaufen lassen. Deswegen sieht man auf dem Bahnsteig keine Menschen, sondern nur große Plüschtiere, die auf Menschenbeinen von einem Zug zum anderen laufen. Als Verkäufer sind die Arbeiter der Spielzeugfabrik hartnäckig und lassen sich nicht mit einem einfachen Kopfschütteln oder dummen Sprüchen abschütteln. Sie sind rhetorisch gewieft, überzeugend und können praktisch jedem Rentner ein Plüschtier andrehen.

Den erwarteten Wohlstand, diesen Hauptbestandteil des Kapitalismus, vermisst man an vielen Orten in Weißrussland. Er hat sich äußerst wählerisch benommen und ist nicht in jedes Haus eingezogen. Es gibt noch viele Familien, die kein Auto besitzen, sich keinen Urlaub in der Türkei leisten können und nur einen Fernsehapparat haben. Dafür gibt es in Schlobin und Umgebung niemanden, der kein Riesenplüschtier besitzt. Es werden welche nach Russland verkauft, manche sogar privat exportiert. Eines davon landete bei uns im Korridor. Er schreckt die Gäste ab und leuchtet in der Dunkelheit, mein rosaroter Freund, der verlorene Sohn des Ostens, unter komplizierten Umständen gezeugt, aus Solidarität geboren.

Der Ernst des Lebens und das ewige Eis

In meinem Haus in Berlin lebt eine leichtsinnige Gesellschaft. Abgesehen von meinen schwermütigen russischen Freunden haben alle hier Unterhaltungsberufe. Die Mehrheit bilden freischaffende Internetdesigner, außerdem haben wir einen Sozialarbeiter, der minderjährigen Straftätern das Tischlern beibringt, einen Theaterpädagogen, eine Literaturwissenschaftlerin, einen Bäcker, einen Weinhändler und einen abstrakten Maler mit roten Haaren, der mit einer abstrakten Sängerin aus Spanien liiert ist. Manchmal singen die beiden gemeinsam Opernarien und spanische Volkslieder auf dem Balkon. Eigentlich sind wir ein gut eingespieltes Team, die perfekte Besetzung für jeden Kindergeburtstag. Es fehlen nur noch ein Zauberer, ein paar Akrobaten, ein Kaninchenbändiger, und ein Schlangenbeschwörer wäre bei uns auch nicht fehl am Platz.

Diese Nachbarschaft passt perfekt zu der kapitalistischen Gesellschaftsordnung, die den Alltag als eine Reihe von Attraktionen konzipiert, als endlose Kinderparty. In meinem ehemaligen sozialistischen Wohnhaus in Moskau hatten die meisten Nachbarn gewichtigere Berufe. Sie waren Lehrer, Hubschrauberpiloten, Lkw-Fahrer und Offiziere. Die Sowjetunion war auf solche ernste Berufsgruppen in besonderem Maße angewiesen. Man musste im Sozialismus nämlich ständig irgendetwas auswendig lernen, große Sachen durch die Gegend schleppen und umständliche Uniformen tragen. Mein Vater arbeitete in einem Betrieb der Binnenschifffahrt, der ausklappbare Brücken für kleine Flüsse produzierte. Meine Mutter unterrichtete in einer technischen Fachschule die sowjetische Jugend in Festigkeitslehre. Inzwischen ist unser ehemaliges Haus längst planiert und musste einer sogenannten Gesundheitsfarm, einer Wellness-Oase, weichen.

Die natürliche Schwierigkeit des Seins wurde einem in der Sowjetunion durch das Fernsehprogramm deutlich vermittelt. Man konnte stundenlang durch alle vier Kanäle zappen: Den Stahlöfen folgten die Traktoren, danach kamen die Panzer und dann die Raketen. Es ging immer um Arbeit, nie um Erholung. Selbst am frühen Sonntag wurde gleich nach der Morgengymnastik *Die Stunde des Landwirts* ausgestrahlt, danach die militante Sendung *Diene der Sowjetunion*, im Anschluss daran das Fernsehmagazin *Gesundheit und Sport*, weiter ging es mit dem Ballett *Schwanensee*, das bildhaft den Ernst des Schwanenlebens und -leidens schilderte. Wenn im Politbüro jemand gestorben war, wurden überhaupt alle aktuellen Sendungen zu Gunsten von *Schwanensee* aus dem Programm gekippt. Die Schwäne kamen dann in eine Endlosschleife.

Der Kapitalismus dagegen unterhält unermüdlich. Die gute Laune der Profiunterhalter tropft durch alle Fernsehprogramme. Besonders viel Frohsinn bringt die Werbung ins Wohnzimmer. Alle Menschen in der Werbung tun so, als hätten sie eine Klatsche. Sie freuen sich wie bekloppt über jede Kleinigkeit. Eine Packung Waschpulver kann sie zu den glücklichsten Menschen der Welt machen, und wegen eines Lutschers drehen sie völlig durch. Nur, wer will das sehen, wie erwachsene Menschen einander den Mund mit Pralinen vollstopfen, als hätten sie nie eine Kindheit gehabt?

Statt vor der Glotze verbringe ich lieber ein paar Stunden auf dem Balkon mit meinen russischen

Der Ernst des Lebens und das ewige Eis

Nachbarn. Wir erinnern uns gerne an die besonders peinlichen Momente unserer Vergangenheit, an die missglückten Beziehungen, an die dümmsten Situationen, an die miesesten Jobs, die wir hatten. Nichts ist lustiger als der Ernst des Lebens.

Mein schlimmster Job war Prospektverteiler in Berlin. Unser damaliger Chef warnte uns täglich davor, auch nur einen Prospekt wegzuschmeißen, denn solche Vergehen würden über kurz oder lang immer ans Licht kommen, behauptete er. Die Prospekte waren an der Seite unterschiedlich markiert, damit man leicht die Personalien ihres Verteilers ermitteln konnte. Trotz dieser Warnungen dachte ich nicht eine Sekunde daran, das überflüssige Werbematerial tatsächlich zu verteilen. Ich hatte mich gleich am ersten Arbeitstag auf die aus meiner Sicht einzig mögliche Art des Umgangs mit Werbeprospekten festgelegt: ihre totale Vernichtung. Man muss dazu sagen, dass ich nicht aus Faulheit handelte. Die Prospekte zu vernichten war viel schwieriger, als sie zu verteilen. Ich wollte die Menschheit vor den Prospekten retten.

Mit der Zeit entwickelte sich mein Prospektvernichtungsprogramm zu einer fixen Idee. Ich habe alles Mögliche versucht, um das Werbematerial loszuwerden. Ich zündete die Prospekte in einer Tonne an – sie brannten nicht. Außerdem kippten jugendliche Straftäter die Tonne um, meine Prospekte flatterten durch die Luft und verteilten sich von allein über die halbe Stadt. Ungefähr zwanzig Kilo vergrub ich nachts auf einem Kindergartengelände hinter dem Haus, in dem ich damals wohnte. Sie wurden von neugierigen Hunden ausgegraben und flatterten wenig später ebenfalls überall im Bezirk herum. Ich habe versucht, sie mit einem Gewicht in einem See zu versenken: Das Gewicht ging unter, die Prospekte schwammen auf der Oberfläche. Am Ende hatte ich Angst einzuschlafen und hielt mich mit Alkohol wach. Denn kaum schloss ich die Augen, sah ich mich unter Tonnen von Werbeprospekten begraben.

Mein Nachbar Sergej arbeitete damals eine Zeit lang bei Bremen in einem Betrieb, der Verpackungsmaschinen für Hühnereier produzierte. Die großen Eierfarmen schickten die Verpackungslinien in der Regel nach zwei bis drei Jahren zu diesem Betrieb zurück. Dort wurden sie gesäubert, repariert und preiswert als Secondhandware an Kleinunternehmer weiterverkauft. Sergej gehörte der Russenbrigade an, die den dreckigsten Job im ganzen Betrieb hatte: Sie mussten die festgeklebte alte Eierpampe aus den gebrauchten Verpackungslinien entfernen. Für fünf Mark die Stunde. Nachts träumte er von Menschen, die ununterbrochen große braune Hühnereier legten.

Der Ernst des Lebens und das ewige Eis

Während wir auf dem Balkon saßen, sendete mein kleines Fernsehgerät in der Küche Werbung ohne Ton gezielt in unsere Richtung. Immer wenn wir hinschauten, war es die gleiche Werbung: Ein junger Mann betrat eine Wohnung mit einem Karton unterm Arm. Der Mann hatte hellblaue Augen und war sehr muskulös. Er lächelte so hintergründig, als hätte er gerade jemanden auf der Strasse vermöbelt und ihm den Karton mit Diamanten weggenommen. Der Muskelmann gehörte zu jener Sorte, die nie Gewissensbisse haben, nie unsicher sind, bei dem was sie tun. Diese Männer gehen mit geradem Rücken durch die Welt, immer einem klaren Ziel entgegen. Sie werden nie zögern, ganz egal, ob ein hungriger Wolf, ein gefährlicher Krieger oder ein durchgedrehter Elefant ihnen über den Weg läuft. Der Mann mit den hellblauen Augen würde in einer solchen Situation ohne nachzudenken, dem Wolf im Laufen das Fell abziehen, dem Krieger seinen Speer und Bogen abkaufen, und dem Elefanten aus Spaß den Rüssel verknoten.

In der Werbung packte dieser Supermann den Karton aus, während seine Freunde vor Begeisterung brüllten, ihm zitternd ihre Hände und Füße entgegenstreckten und sehnsüchtig auf seine Beute schielten. Man sah ihnen an, dass sie für den Karton Vater und Mutter verraten würden. Was wird wohl darin sein?, rätselten wir. Andrej tippte auf Pralinen oder Kartoffelchips. Ich wollte mich nicht gleich festlegen. Vielleicht wird der Supermann diesmal etwas ganz Ausgefallenes herausholen, etwas, das alle Fernsehzuschauer ohne Ausnahme vom Hocker reißt. Was könnte das sein? Theaterkarten? Kondome? Der komplette Brockhaus vielleicht? Ich machte die Augen zu und stellte mir genüsslich vor, wie der Mann mit den hellblauen Augen statt Joghurt oder Pralinen das superdicke Lehrbuch meiner Mutter über Festigkeitslehre auspackte und es mit schrägem Lächeln in die Kamera hielt. Alle um ihn herum würden aufspringen, sie würden versuchen, einander wie im Rausch das Buch aus der Hand zu reißen. Und eine junge Frau, die es ergattert hatte, würde stöhnend auf den Teppich fallen und allen anderen laut aus dem Buch vorlesen.

In Wirklichkeit konnte es sich angesichts des ewigen Kindergeburtstags unserer bunten Konsumgesellschaft unmöglich um ein ernstes Buch handeln. Alle Bücher des Westens sind Kinderbücher, alle Filme müsste man hier mit einer Altersbegrenzung »bis 18« vermerken. Erwachsene Menschen lesen hier ein Leben lang *Harry Potter* und schauen sich Komikverfilmungen an. Ich habe hier noch nirgendwo ein Buch über Festigkeitslehre gesehen. Den kompletten Brockhaus sah ich nur ein Mal, auf dem

Land, als ich meinen deutschen Freund Frank in seinem Elternhaus bei Homburg in Hessen besuchte.

Ich erinnere mich noch gut an diese Reise, denn sie war für mich ein ziemlicher Kulturschock. Die Eltern von Frank arbeiteten beide in der Stadtverwaltung und hatten als Beamte eine gehobene Stellung im Ort. Im Gästezimmer hatten sie eine große braune Schrankwand voller Bücher, darunter mindestens dreißig Bände Brockhaus, wenn nicht mehr. Ich bemühte mich zehn Minuten lang, aus dieser Mauer des Wissens einen Band herauszubrechen. Es gelang mir nicht, die Bände waren wie zusammengeschweißt. Zornig drückte ich mit etwas mehr Kraft gegen die Buchwand, als plötzlich ein Wunder geschah: Der ganze Brockhaus erwies sich als Attrappe. Sie öffnete sich wie eine Geheimtür, und wie auf einem Tablett glitt aus dem Inneren der Schrankwand ein Fernsehgerät hervor. Die Eltern von Frank lachten über meinen Schreck, mir aber brannten die Ohren, als hätte ich diese sympathischen Menschen beim Klauen erwischt. Sie kochten Kaffee und luden uns, als wäre nichts geschehen, zu Tisch und servierten Kuchen und Eis.

Auch der Mann im Fernsehen verteilte Eis aus dem Karton – ein blödes Eis mit Kaugummigeschmack, das selbst meine Kinder eklig finden, obwohl sie sonst so gut wie alles mögen, was süß und fettig ist.

Der Ernst des Lebens und das ewige Eis

Die Erwachsenen in der Glotze sprangen vor Begeisterung an die Decke. Überschwänglich bewarfen sie einander mit Eis, steckten es sich sofort hinter die Backe und erstarrten auf der Stelle vor Freude.

»Das war mein schlimmster Job«, meinte Sergej und zeigte auf den Bildschirm.

»Warst du etwa beim Fernsehen?«, fragten wir ungläubig.

Nein, aber er habe zwei Monate in einer Eisfabrik in Russland gearbeitet. Seitdem mag er kein Eis mehr. Die Fabrikproduktion war auf drei Eissorten spezialisiert: das Familien-Eis – ein halbes Kilo Brikett ohne Schnickschnack –, dann das *Einhörnchen*-Eis am Stiel mit Schokolade und Nüssen überzogen, und schließlich das *Polarlicht in der Waffel*, schneeweiß und sehr süß. Sergejs Aufgabe war es, die Stiele in die fertigen Einhörnchen-Briketts zu stecken.

Die ersten zwei Tage gingen noch. Er und sein Partner schafften es, in acht Stunden eine Palette *Einhörnchen*-Eis aufzuessen. Die dicken Tanten, die bei der Herstellung arbeiteten, aßen kein Eis mehr. Sie tranken die ganze Zeit die halbfertige Milchmischung und waren damit beschäftigt, die wichtigsten Komponenten der Eisherstellung aus dem Betrieb Richtung Zuhause zu entfernen. Es ging um Zucker, Milch, Schokolade und Nüsse, die ganz besonders wertvoll waren. Diese Produkte trugen sie am ganzen Körper aus dem Betrieb: auf dem Rücken, im Büstenhalter, unter dem Rock. Wenn sie erwischt wurden, schüttete man die sichergestellten Produkte wieder zurück in die Milchmischung.

Seit dieser Zeit kann Sergej kein Eis mehr sehen. Nicht einmal in der Werbung. Abgesehen davon ist es aber doch ein Kinderprodukt. Wahrscheinlich mischen sie im Kapitalismus dem Eis irgendetwas bei, damit die Menschen bis ins hohe Alter Gefallen daran finden und es bis zu ihrem Tod begeistert essen.

Der Russe lacht nicht

Wenn drei Russen an einem Tisch zusammenkommen, fangen sie in der Regel schon nach fünf Minuten an, einander Witze zu erzählen. Am liebsten politische mit einem langen Bart, die sie noch aus dem Kindergarten kennen. Man glaubt nicht, wie viel alter Witz in jedem Russen steckt. Sie können den ganzen Tag erzählen, doch über ihre eigenen Witze lachen sie nie. Dieses merkwürdige Verhalten hat seine Geschichte. Anekdoten hatten in Russland verschiedene Funktionen, man konnte mit ihnen angeben, sich politisch in einer Gruppe positionieren, Freunde gewinnen und Feinde erkennen. Sie mussten dabei nicht einmal lustig sein.

Der Russe lacht nicht

In meiner Kindheit, vor fünfundzwanzig Jahren, blühte in Russland der politische Witz. Dafür gab es zwei Gründe. Zum einen war der damalige Generalsekretär Leonid Breschnew wirklich witzig. Er hatte einen Sprachfehler, konnte kaum noch gerade stehen, verlieh sich selbst jedes Jahr neue Orden und Medaillen und wurde von seinen Parteigenossen stets »unser verehrter Leonid Iljitsch« genannt. Man musste sich keine Witze über Breschnew ausdenken. Ihn einfach bei einem Staatsbesuch zu beobachten, reichte schon für eine Flut von Volkshumor. Breschnew hatte es einfach drauf!

Der zweite Grund für die Popularität des politischen Witzes lag darin, dass man trotz der sozialistischen Diktatur nicht mehr Gefahr lief, wegen eines Witzes im Gefängnis zu landen wie noch unter Breschnews Vorgängern. Das Regime wurde in den Achtzigerjahren dem Volkshumor gegenüber nachlässig. Und der politische Witz wurde zum Ausdruck eines passiven Kampfes gegen den Totalitarismus. Das Imperium, das sich selbst als ewig und unantastbar begriff, wurde mit diesen Witzen vom Sockel der Geschichte gerissen und verspottet.

Mit dem Alter entdeckte unser Leonid Iljitsch sein Interesse für Literatur. Er ließ unter seinem Namen einen Haufen Biographisches erscheinen, alles Bücher, die seine Heldentaten zur Zeit des Zweiten Weltkrieges und seine Leistungen beim Wiederaufbau des Landes maßlos übertrieben. Wir Schüler mussten diese Bücher im Literaturunterricht studieren und Aufsätze über sie schreiben. In den Krieg trat Breschnew als Unteroffizier, was aber in seinen Büchern nicht auffiel. Die Werke dienten als unerschöpfliches Nachschublager für Breschnew-Witze:

Wir schreiben das Jahr 1945. Der Generalissimus Stalin ruft bei Marschall Schukow an:
»Haben Sie schon ein Plan für die Eroberung Berlins?«
»Jawohl, Genosse Stalin!«
»Und haben Sie ihn schon mit dem Unteroffizier Breschnew abgesprochen?«

Breschnew ernannte sich selbst später ebenfalls zum Marschall, im Volksmund hieß es:
»Wofür hat Breschnew den Marschalltitel bekommen? Für die Eroberung des Kreml.«
Die wirkliche Politik hat damals niemanden groß interessiert. Während des Literaturunterrichts hatten viele von uns unter der Bank französische Abenteuerromane von Maurice Druon auf den Knien liegen. Diese Liebesintrigen aus dem Leben der königlichen Familie waren uns näher als die Politschinken: »Oh Gott«, stöhnte die Königin. »Ich bin schwanger und

weiß nicht von wem!« In diesen Romanen spielte sich das wahre Leben ab, in Breschnews Werken wurde dagegen nie jemand schwanger. Man las also Liebesromane im Unterricht und erzählte in der Pause Witze über den Generalsekretär:

Breschnew gibt eine Pressekonferenz.
»Hat noch jemand Fragen?«
Alle schweigen.
»Keine Fragen?«, wundert sich Breschnew. »Das kann nicht sein, Genossen, ich habe hier noch zwei Antworten vor mir liegen.«

Mit der Perestroika kam alles in Bewegung. Plötzlich wurde die Politik spannend, skurril, hoffnungsvoll und war überhaupt nicht mehr komisch. Alle starrten wie gebannt auf den Bildschirm, die Debatten im Parlament wurden ungeschnitten den ganzen Tag lang ausgestrahlt. Die Politik wurde schwanger wie die Königin im französischen Liebesroman, und alle warteten ungeduldig auf das Kind: ein Jahr, zwei Jahre, dann nicht mehr. Es kam nichts. Die Debatten im Parlament brachten nur Enttäuschung, und der politische Witz tauchte auch nicht wieder auf. Es gab wenig zu lachen im Parlament. Dafür lieferten die ersten russischen Kapitalisten eine neue Steilvorlage für alle Witzbolde im Land. Die Neureichen, auch Neue Russen genannt, waren wie uniformiert mit ihren himbeerfarbenen Anzügen, dicken Goldketten bis zum Nabel und Geländewagen mit einer Kalaschnikow auf dem Beifahrersitz: Sie waren lustig.

Ein Arbeitsloser kommt zu einem Neureichen.
»Ich habe gehört, Sie suchen einen neuen Buchhalter.«
»Ja«, sagt der Neureiche, »und den alten suche ich auch.«

Eine Zeit lang musste der Neureiche ganz allein für den Neuhumor des Neukapitalismus herhalten. In diesen Witzen grüßte er die Menschen mit dem Fuß, statt mit der Hand, damit alle seine goldenen Schuhe sahen. Er bestellte im Juwelierladen ein Kruzifix, um es als großes Kreuz an seine Halskette zu hängen, wobei er den Verkäufer bat, den »Schwimmer«, also Jesus, abzulöten. Er kaufte sich ein Hotel in Nizza mit allen Gebäuden im Umkreis von fünf Kilometern und ließ den Strand weiträumig absperren. Dann stand der Neureiche allein mit einem bescheidenen Badetuch am Strand, beobachtete, wie die Sonne im Wasser unterging, und seufzte: »Wie wenig braucht der Mensch doch, um glücklich zu sein.«

Alle konnten diese Witze verstehen und über sie lachen. Außer Putin. Er fand die Neureichen nicht lustig und sprach sich für eine enge Zusammenarbeit zwischen dem Privatkapital und dem Staat aus. Übersetzt aus der Sprache der Politik in die Menschensprache hieß das ungefähr: »Ich zähle bis drei. Wer bis dahin keinen sicheren Baum gefunden hat, ist selber schuld.« Und der sicherste Baum des Landes war Putin selbst, ein Mann, der keine Witze verstand.

Der russische Witz verabschiedete sich endgültig aus der Politik und dem Business, er ging ins Private: Ein wenig Sex, ein bisschen Fußball, und ganz viel Fremdenfeindlichkeit. Früher waren die Tschuktschen und die Judenwitze absolute Renner. Der Tschuktsche wurde als der dumme Wilde dargestellt und der Jude als der Gerissene.

Beispiel eins:

Ein jüdischer Soldat ist verletzt, kann seine Leiden nicht mehr ertragen und bittet seinen Freund, ihn zu erschießen.

»Ich kann nicht, ich habe keine Munition mehr«, sagt der.

»Ach, ich kann dir welche verkaufen«, meint der Verletzte.

Beispiel zwei:

Ein Tschuktsche geht zur Polizei, um seine Frau als vermisst zu melden.

»Wie sieht sie denn aus?«, fragt ihn der Polizist.

»Weiß nicht«, sagt der Tschuktsche.

»Du musst sie aber beschreiben, damit wir sie suchen können«, erklärt ihm der Polizist. »Meine Frau zum Beispiel ist groß, schlank und blond.«

»Na dann, lass uns lieber deine Frau suchen«, sagt der Tschuktsche.

Die Tschuktschen waren lange Zeit davon überzeugt, dass Juden sich die Tschuktschenwitze ausgedacht hatten, damit man nicht nur über sie lachte. Aus demselben Grund vermuteten die Juden, dass die Tschuktschen für die Judenwitze verantwortlich waren.

Nach Auflösung der Sowjetunion haben sich die Dummen multipliziert. Alle Völker wurden im Kapitalismus zu Tschuktschen. Die Russen erzählen zum Beispiel gerne Witze über die geizigen Ukrainer, die verstockten Esten und die wilden Georgier. Die Ukrainer lachen ihrerseits gerne über die zurückgebliebenen Moldawier, die gierigen Russen und geschäftstüchtigen Armenier. Die Esten kennen viele Witze über die unzivilisierten Russen, und alle postsowjetischen Völker sind nach wie vor gut auf Juden und Tschuktschen zu sprechen. Es sind oft die glei-

Der Russe lacht nicht

chen alten Witze, nur die Nationalitäten wurden ausgetauscht. Den Witz über den verletzten jüdischen Soldaten habe ich zum Beispiel auch über einen Ukrainer, einen Russen und einen Armenier gehört. Aus der allgemeinen Hilflosigkeit und Unsicherheit gegenüber den neuen Verhältnissen entsteht so ein neuer Internationalismus, der alle Ethnien und Bevölkerungsgruppen in ihrer Dämlichkeit gegenüber dem Kapitalismus vereint.

In der russischen Politik, wie in der deutschen auch, sind die einzigen Spaßvögel die Liberalen. Der russische Chef der liberalen Partei, Schirinowski, versucht auf russische Art lustig zu sein: Mal haut er einem Parlamentarier während der Sitzung eins in die Fresse, mal wendet er sich an den amerikanischen Präsidenten Bush mit den Worten: »Vergiss den Irak, du Arschgeige, lass uns lieber gemeinsam Georgien plattmachen.«

Aber auch er schaffte es nicht, den russischen Präsidenten zum Lachen zu bringen. Er lacht nicht in der Öffentlichkeit. Höchstens hinter verschlossenen Türen, wenn jemand einen dieser modernen tschetschenischen Terrorwitze erzählt:

Ein Soldat der Einheit zur Terrorbekämpfung schickt seiner Oma nach Sibirien einen Sprenggürtel als Souvenir.

»Liebe Oma«, schreibt er, »du wolltest doch schon immer eine warme Weste haben, jetzt habe ich eine für dich. Sie ist große Mode in Moskau und birgt eine Überraschung. Da ist so ein kleiner Ring hintendran, wenn du daran ziehst, bekomme ich drei Tage Urlaub.«

Da lacht der Präsident!

Das russische Rebellen-Gen

Jede Nation hat eine Geschichte, die am besten mit einer anständigen Schlacht beginnt, möglichst mit einer gewonnenen. Wenn nicht, wird sie im Gründungsmythos zu einer gewonnenen umgedeutet. Bei den Amerikanern war es der Unabhängigkeitskrieg gegen England, der mit der berühmten *Boston Tea Party* begann. Die Deutschen leiten ihre Geschichte gerne aus der Hermannsschlacht im Teutoburger Wald ab, die neuerdings aus Gründen der politischen Korrektheit in »Varusschlacht am Kalkrieser Berg« umbenannt wurde. Laut Legende haben dort vor knapp 2000 Jahren wilde Germanen, mit handgeschnitzten Keulen bewaffnet, mehrere römische

Legionen komplett im niedersächsischen Sumpf versenkt.

Sicher hat diese Schlacht aus heutiger Sicht den Deutschen mehr geschadet als genutzt. Hätten diese Barbaren damals die Römer nicht geschlagen, wäre in Deutschland einiges anders gelaufen. Wir hätten zum Beispiel leckeres Risotto statt Klopse, guten Wein statt Bier und leidenschaftliche Liebesromanzen statt Blaskapellen als Volksmusik. Alle Nachrichtensprecher wären Blondinen mit großem Busen und die jungen Männer trügen dunkle Locken statt Glatzen. Aber die Germanen mussten ja den Römern zeigen, wer der Boss im Wald ist. Was haben sie nun davon? Döner Kebap! Natürlich hat dieser Sieg das germanische Selbstwertgefühl enorm gesteigert. Er hat den vereinzelten Stämmen geholfen, zu einer eingeschworenen Gemeinschaft zu werden, die Verantwortung für ihren Wald und Sumpf übernahm, sie pflegen und hegen und das Ganze »Heimat« nannte. Die Germanen haben gelernt, gemeinsam Entscheidungen zu treffen und sie durchzusetzen.

In der russischen Geschichte spielt die Schlacht bei dem Dorf Kulikowo eine ähnlich herausragende Rolle. Im Jahr 1380 standen die Russen auf dem Feld vor Kulikowo den ganzen Sommer hindurch den Tataren gegenüber, angeblich um zu klären, wer wem wie viel Steuern schuldete. Nach heutigem Kenntnisstand spricht vieles dafür, dass damals auf beiden Seiten Russen sowie Tataren aufmarschiert waren. Die einen wollten die anderen knebeln. Um es bürokratisch auszudrücken: Am Feld von Kulikowo kam es zum Konflikt zwischen dem damaligen russischen Ur-Finanzamt – das auch heute das stärkste und bestbewaffnete Amt in Russland ist – und den Steuerflüchtlingen, die sich vom Joch des Staates zu befreien suchten. In Russland lag die Hauptdemarkationslinie schon immer zwischen dem Staat und dem Volk. Sie trauten und mochten einander nie und nutzten jede Gelegenheit, um einander eins auszuwischen. Aber keiner konnte den anderen besiegen. Die Schlacht auf dem Kulikowo-Feld zog sich ebenfalls in die Länge. Wer letzten Endes damals gewonnen und wer verloren hat, ist bis heute unklar.

Während die Europäer sehr früh einen schwermütigen Patriotismus, eine gemütliche Zuneigung ihren kleinen Ländchen gegenüber entwickelten, gaben sich die Russen in ihrem Riesenland stets Mühe, nach alternativen Lebenskonzepten zu suchen. Sie wollten sich auf keine klare gesellschaftliche Form festlegen. Um in einem kleinen europäischen Land zu überleben, braucht es Gehorsam und Disziplin. Es werden jede Menge Gesetze verabschiedet, um das gesellschaftliche Zusammenleben bis in jede Kleinigkeit zu regeln. Individualisten werden von der

Allgemeinheit abgelehnt. Die Europäer sind allein schon wegen der Enge ihrer Länder aufeinander angewiesen. Hat einer kurz mal nicht aufgepasst, schon steht er einem anderen auf dem Fuß. Im russischen Riesenreich entwickelten die Einwohner dagegen eine ablehnende, anarchistische Haltung gegenüber jeder Art von Gesetzgebung. Sie wollten und wollen keine Macht über sich dulden.

In einer endlosen Reihe nie zu Ende ausgetragener Kämpfe zwischen dem Staat und dem Volk wurde das russische Rebellen-Gen immer robuster. Seit Anbeginn teilte sich die russische Gesellschaft in *Semschtschina* und *Opritschnina* – in Landmenschen und Staatsmenschen. Die Zugehörigkeit zu einer der Gruppen war ausschlaggebend für den weiteren Lebenslauf. Die Staatsmenschen und die Landmenschen hielten einander für die schlimmsten Finger Russlands. Unter Iwan dem Schrecklichen drifteten beide Gruppen vollends auseinander. Die Staatsmenschen schworen einen Eid auf den Herrscher, infolgedessen sie sich mit den Landmenschen nicht einmal unterhalten durften. Sie trugen außerdem gemäß eines Befehls des Zaren eine Uniform: lange schwarze Kleider, ähnlich denen der Mönche in den Klöstern, mit einem auf dem Ärmel genähten Symbol ihrer Macht, ein Hundekopf, unterstrichen von einem Besen. Das Symbol deutete ihre Aufgabe an: die anarchistichen Hundeköpfe aus dem Land zu fegen. Um ihre Existenz zu finanzieren, erhoben die Staatsmenschen eine Steuer, die sie selbst eintreiben mussten.

Sie waren, um es deutlicher auszudrücken, Steuerfahnder.

Die Hundeköpfe wiederum waren diejenigen, die keine Steuern zahlten. Sie begingen Steuerflucht, das heißt sie nahmen einen Stock in die Hand und wanderten ein Stück weiter in die Steppe in der Hoffnung, der Staat würde sie dort nicht finden und in Ruhe lassen. Die Steuerfahnder folgten ihnen jedoch. Während die europäischen Staaten sich durch Eroberungs- und Kreuzzüge in weit entfernten Kolonien vergrößerten und dort bereicherten, wuchs der russische Staat quasi an Ort und Stelle, in dem er seinen Bürgern hinterhereilte.

Als Vorbeugungsmaßnahme versuchte der russische Staat immer wieder seine Bürger einzuzäunen, doch schon nach kürzester Zeit entstand in jedem russischen Zaun ein großes Loch. Die Russen liefen in alle Himmelsrichtungen, nach Süden und nach Norden. Sie gingen durch die Wüste, kletterten über Berge, bauten große Siedlungen in der Taiga und kämpften gegen Eingeborene. Sie taten alles, um dem Staat zu entkommen. Früher oder später wurden sie jedoch von dessen Gesandten eingeholt und gebändigt. Nach ihrer Zähmung fand man diese staatsflüchtigen Landmenschen in den russischen Geschichtsbüchern wieder – dort wurden sie als mutige Staatsmenschen gepriesen, die sich im Auftrag des Imperiums bemühten, neue Ländereien zur Ehre Russlands zu erobern und dem Reich wilde Stämme anzuschließen. Auf diese Weise wurde die Geschichte Russlands immer wieder neu geschrieben.

Der Hauptunterschied zwischen Russland und den europäischen Nachbarn lag und liegt also in der Größe des Landes. Der deutsche Wald, die Felder Frankreichs, die Berge Italiens, von dem Inselchen England ganz zu schweigen, sind gut überschaubar und hinter dem nächsten Baum schon fast zu Ende. Die russische Steppe verspricht dagegen Grenzenlosigkeit. Sie macht Hoffnung auf einen möglichen Neuanfang auf unbekanntem Territorium. Diese Hoffnung nährt die russische Anarchie. Kaum hat sich der Staat entspannt und ein Auge zugedrückt, schon hauen alle ab, oder es gibt eine Revolution, oder es wird geputscht. Böse Zungen behaupten, Russland habe gar keine Geschichte, weil die Geschichte eines Landes von ihren Bewohnern als Lehre benutzt werden muss. Sie bietet den Menschen die Möglichkeit, die Entwicklung ihres Landes zu reflektieren. In Russland aber fängt jeden Tag alles immer wieder von vorne an.

Das russische Rebellen-Gen

Kaum jemand im Westen hat eine Vorstellung von der Größe dieses Landes. Das hat nicht zuletzt auch damit zu tun, dass Russland auf den Weltkarten an einer sehr ungünstigen Stelle liegt und von daher verzerrt eingezeichnet wird. Mit den beiden Enden nach oben wirkt es auf der Karte wie ein halb zusammengerolltes Zigarettenpapierchen. Wenn man aber Russland gänzlich auseinanderrollen würde, wäre es mindestens doppelt so groß wie auf den Landkarten dargestellt. In dem deutschen Schulatlas wirkt die russische Eismeerinsel Nowaja Semlja zum Beispiel etwa so groß wie die Ostseeinsel Rügen. In Wirklichkeit ist sie jedoch mehr als 12 000 Quadratkilometer größer als Irland.

Jetzt aber mal langsam, wird der kritische Leser an dieser Stelle vermutlich sagen. Auf die Art kann man jedes Land vergrößern. Wie groß würde zum Beispiel Österreich, wenn man es nach Art eines Wiener Schnitzels platt klopfte. Und wenn man die Inseln Japans etwas auseinanderzöge, könnten sie schnell zum größten Archipel der Welt werden. Doch in Wirklichkeit dürfen zum Beispiel österreichische Düsenjäger nicht einmal Gas geben, denn kaum tun sie das, haben sie schon fremde Lufträume verletzt. Und Japaner müssen beim Angelauswerfen aufpassen: Wenn sie zu weit ausholen, landen ihre Köder in fremden Gewässern. Russen können dagegen zwei

Wochen lang Zug fahren, um ihre Schwiegereltern zu besuchen, das ist normal. Andererseits verstört die Russen nichts mehr, als mit einer Grenze konfrontiert zu werden. Sofort bekommen sie Platzangst.

Mein Freund Sergej erlebte neulich solch einen russischen Grenzenalptraum in den Schweizer Alpen, wo er mit seiner Freundin Skiurlaub machte. Sergej wollte den anderen Skiläufern zeigen, was eine Harke ist. Er bog einmal falsch ab und fuhr auf der anderen Seite des Berges hinunter, dort, wo sich niemand zu fahren traute, wie er dachte. Unten angekommen lief er zur Seilbahn, um schnell wieder nach oben zu gelangen, wo seine Freundin auf ihn wartete. Der Kartenverkäufer ließ ihn jedoch mit seinem Ticket nicht passieren. Er verlangte von Sergej in für ihn schwer verständlichem Englisch etliche Euros für die Fahrt. Sergej hatte nur Schweizer Franken, er war ja in die Schweiz in Urlaub gefahren. Der Kartenverkäufer weigerte sich jedoch, Franken anzunehmen. Nach einem kurzen, heftigen Gespräch dämmerte es meinem Freund, was passiert war. Er hatte die falsche Seite des Berges erwischt und war in Italien gelandet, hoffnungslos weit von seiner Freundin, seinem Wagen und seiner Kreditkarte entfernt. Auf den Vorschlag des Kartenverkäufers, er solle sich sofort auf den Weg nach Rom zum russischen Konsulat machen, reagierte er verärgert. Er hätte den weiten

Weg nach Rom in seinen Skistiefeln auch mit Sicherheit nicht geschafft.

Sergej, sonst ein ausgewogener ruhiger Mann, bekam plötzlich eine Platzangstattacke. Die Vorstellung, dass er durch eine Minutenfahrt in einem anderen Land, quasi auf der anderen Seite der Welt, gelandet war, erschreckte ihn zutiefst. Völlig außer sich stürmte er beinahe die italienische Seilbahnkabine und versuchte sich hinter den anderen Insassen zu verstecken. Als ihm die Italiener seine Verzweiflung ansahen, bewiesen sie Großmut und ließen ihn zurück in die Schweiz fahren, zu seiner Freundin und seinem Geld. Die Freundin wollte ihm dann jedoch seine Geschichte nicht abnehmen und hielt sein ganzes schreckliches Italienerlebnis für eine faule Ausrede.

Zukünftig fährt mein Freund zum Skilaufen in den Kaukasus. Dort kann er an allen Seiten des Berges problemlos abfahren.

Andrej und das Geheimnis der blauäugigen Blondine

Andrej litt unter Einsamkeit. Seit ungefähr einem Jahr war er, wie die meisten seiner Mitschüler in der Sprachschule, in seine Lehrerin Frau Schmidt verliebt. Doch die Beziehung war rein platonisch und ohne Aussicht auf Gegenseitigkeit. Frau Schmidt war jung, schlank und hatte blonde Haare, außerdem unterrichtete sie Deutsch auf eine sehr erotische Art. »Berlin ist eine herrliche Stadt«, diktierte sie, und alle Männer in der Gruppe bekamen weiche Knie.

Andrej hatte keine Lust, sein ganzes Leben in einer Männer-WG zu fristen. Er brauchte eine Frau zum Kuscheln und Zusammensein und nicht nur zum Betrachten und Bewundern. Ich empfahl ihm, die Annoncen in der größten russischsprachigen Zeitung Deutschlands zu studieren, dort kann man alles finden. Andrej war aber dem typisch russischen Aberglauben verfallen, dass alles, was in der Zeitung steht, gelogen ist. Besonders die Kontaktanzeigen.

»Sie werden doch jede Woche von den Mitarbeitern der Zeitung selber geschrieben, die sich damit über ihre Leser lustig machen wollen«, meinte er.

»Das kann man aber doch schnell nachprüfen«, entgegnete ich.

Dazu muss man wissen, dass russische Kleinanzeigen viel offener als deutsche sind. Russen verstecken sich nicht hinter einer namenlosen Chiffre-Nummer, sie geben immer gleich ihre Telefonnummer und sogar ihre Adresse an. Kurzum: Ich überzeugte Andrej, sein Glück in der Zeitung zu suchen. Er kaufte die aktuelle Ausgabe und studierte sie gründlich. Das erstaunliche Ergebnis war: Ungefähr fünfzig Frauen suchten genau ihn. Man könnte meinen, Andrej wäre der perfekte Mann. Er wurde einfach den unterschiedlichsten Frauenwünschen und -anforderungen gerecht. Er war nicht älter als 45 Jahre, hatte eine tiefe Stimme, war lebensfroh und zugleich ernsthaft, hatte keine gesundheitsschädlichen Angewohnheiten, dafür ein nettes Zuhause und außerdem war er »intelligent«, »anständig«, »großzügig«, »liebevoll« und

»gut bestückt«. Mit seinen vielseitigen Eigenschaften konnte Andrej, wenn er bloß wollte, alle fünfzig Frauen aus der Zeitung glücklich machen. Er suchte aber nach einer ganz bestimmten Frau und benutzte dabei wahrscheinlich Frau Schmidt als Vorbild.

Letzten Endes fiel seine Wahl auf eine merkwürdige Annonce, die sogar mich misstrauisch machte: »Das Leben ist seltsam. Das Leben ist ein Geheimnis. Traurige blauäugige Blondine sucht verwandte Seele, die sie vor bösen Geistern schützt. Alkoholiker und Sexbesessene brauchen nicht anzurufen.«

Andrej hielt ausgerechnet diese Annonce für die glaubwürdigste.

»Was für ein Geheimnis? Wieso ist die Blondine traurig? Und was sind das für böse Geister die sie verfolgen? Das hört sich alles eindeutig nach Prügeln an«, warnte ich meinen Nachbarn.

Andrej rief die Frau trotzdem an und vereinbarte ein Treffen mit ihr. Die Zeitung hatte nicht gelogen, die traurige Blondine gab es wirklich. Sie hieß Natascha und arbeitete in einem Textilladen. Es begann eine wunderbare Freundschaft. Das Leben von Natascha war tatsächlich seltsam: Es war voll von enttäuschten Liebhabern, eifersüchtigen Ehefrauen, betrogenen Ehemännern und ganz normalen fremden Menschen, die Natascha einmal zufällig begegnet und dann für immer in ihr Leben verstrickt worden waren. Innerhalb eines Monats erfuhr und erlebte Andrej mehr als in all den Jahren zuvor. Zweimal rettete er Natascha das Leben, und mehrmals wurde er selbst von bösen Geistern verprügelt, die alle Exfreunde von Natascha waren. Außerdem kam es zu einem Autounfall, einem Selbstmordversuch und einer halben Orgie in einer arabischen Botschaft. Nach diesen aufregenden vier Wochen wurde Andrej jedoch müde und zog sich aus der Affäre zurück. Dem Geheimnis der traurigen Blondine kam er nicht auf die Spur.

Durch diese traurige Zeitungsaffäre versank er noch tiefer in seiner Einsamkeit. Ich konnte ihm wenig helfen, denn auch der beste Freund taugt nichts, wenn es um Liebeskummer geht. Seine Lebenskrise entwickelte sich so weit, dass er schließlich kaum noch aus dem Haus ging. All seine Versuche, den Fluch der Einsamkeit zu durchbrechen, waren erfolglos geblieben.

»Die Menschheit ist zum Scheitern verurteilt«, meinte er philosophisch.

Andrej ist Existenzialist. Er glaubt, alles, was ihm passiert, geschieht zugleich in und somit auch mit der ganzen Welt. In unserer gemeinsamen sozialistischen Vergangenheit gab es für Menschen mit solchen Problemen Anstalten und eine Instanz, die das Recht besaß, jedes Individuum vorübergehend von der Realität freizustellen: den Psychiater. Er konnte einen aus allen Pflichten entlassen – der Arbeitspflicht, Wehrpflicht, Heiratspflicht und sogar aus der Pflicht, immer für den Frieden und gegen den Imperialismus zu sein. Es war nicht leicht, ein Gespräch mit ihm zu bestehen, und die Angst durchzufallen war größer als bei jeder Aufnahmeprüfung.

»Stellen Sie sich einen Reiter auf einem Pferd vor. Mir wem identifizieren sie sich? Tut Ihnen das Pferd leid oder der Reiter oder der Bildhauer? Malen Sie ein Quadrat. Malen Sie ein Dreieck.«

Ohne solche Psychiater und ganz auf sich allein gestellt war mein Nachbar schon so weit, dass er bei Radiosendern anrief. Aber so ist der Mensch, er findet immer eine neue Quelle, aus der er Hoffnung schöpfen kann. Allerdings ist jede neue Quelle noch fragwürdiger als die vorherige. Kaum war sein Vertrauen in die Zeitungsannoncen erloschen, traten Verkuppelungssendungen an ihre Stelle. Neulich war ich Zeuge, wie er mit einer solchen beliebten Berliner Verkuppelungssendung telefonierte:

»Hallo, ich heiße Alexander, wohne in Charlottenburg und möchte eine Frau kennenlernen.«

Das war ein Experiment: Er gab sich als jemand anderer aus, um herauszufinden, ob es an ihm oder an der Menschheit lag. Und ob er als Alexander aus Charlottenburg mehr Chancen hatte.

»Warum nur eine Frau? Sag denen, du willst zwei kennenlernen!«, brüllte ich.

»Sei still«, zischte Andrej und machte grausame Grimassen. »Eine große, junge blonde Frau. Oder eine brünette. Kann auch klein sein, ist egal.«

Die Moderatorin stellte ihm die obligatorischen Fragen:

»Was sind Ihre kulturellen Interessen?«

Das war natürlich eine Falle, aber Andrej ließ sich nicht einschüchtern.

»Kino«, sagte er. »Theater und Konzerte. Ich liebe die Natur, gehe gern spazieren und äh... essen.«

»Was würden Sie auf eine einsame Insel mitnehmen?«, ließ die Moderation nicht locker.

»Sie«, sagte Andrej.

»Mich?«, wunderte sich die Moderatorin.

»Nicht Sie, ich meine die Frau!«, erklärte Andrej.

»Und was würden Sie auf der Insel tun?«, fragte die Moderatorin interessiert.

»Folgendes also«, sagte Andrej. »Ich werde sie küssen und streicheln, dann werden wir zusammen baden und, na ja, und so weiter halt, hehe...«

Die Moderatorin kündigte eine Musikpause an, währenddessen die Bräute anrufen sollten. Es war eine sehr lange Musikpause, ein Doubleplay wie es beim Rundfunk heißt, und danach kam nichts. Niemand rief an.

»Wenn es in diesem Radio etwas zu gewinnen gibt«, wütete Andrej, »dann rufen sie schon nach zehn Sekunden an!«

»Es tut mir leid, Alexander. Du hattest heute Pech! Ruf uns nächste Woche noch mal an, vielleicht hast du dann mehr Glück!«, flötete die Moderatorin und verabschiedete sich höflich.

»Dabei ist sie noch ganz nett«, erklärte mir mein Nachbar.

Neulich hatte er beim russischen Radio, das es neuerdings in Berlin gibt, mit derselben Absicht angerufen. Die dortige Verkuppelungssendung wird von zwei jungen Männern moderiert, die ihn sofort zusammengeschissen hatten.

»Wovon lebst du?«, hatten sie gefragt. »Von Arbeitslosenhilfe? Was willst du dann mit einer Frau? Leg auf, Junge, und ruf hier nie wieder an, bevor du nicht einen anständigen Job gefunden hast!«

»Echt krass, diese Russen!«, schüttelte er den Kopf. »Die deutsche Moderatorin war dagegen reine Sahne. ›Nächste Woche hast du vielleicht mehr Glück...‹«

Jeder ist ein Dichter

Mein Nachbar Sergej hat mit seinem Ford Escort Scheiße gebaut. Er hat ein paar von diesen rotweiß gestreiften Dingern gerammt, die um jede Baustelle herumstehen. Sofort war die Polizei zur Stelle und packte ihn in Handschellen. Sergej erklärte, dass er unschuldig sei und nur habe helfen wollen. Es sei an dem Tag zu schnell zu dunkel geworden und das gestreifte Ding habe nicht geblinkt.

»Es sollte doch blinken, oder?«, fragte er die Beamten. Er habe gedacht, die Absperrung hätte ausgedient und irritiere jetzt nur die Autofahrer, erklärte Sergej. Also habe er überflüssige Absperrung unauffällig und unbürokratisch aus dem Weg räumen wollen.

Sein Alkoholtest war hervorragend. Das Gerät zeigte 0,34 Promille, beim zweiten Versuch sogar nur 0,26 – das Bier vom Vortag quasi. Die Polizei ließ ihn trotzdem nicht weiterfahren. Die Beamten nahmen Sergej mit aufs Revier, wo er noch einmal durchsucht wurde. Außerdem wurde ihm Blut abgenommen und ein Drogentest durchgeführt. Der Arzt fragte ihn, welcher Wochentag sei, und zwang ihn, sich mit der rechten Hand mehrmals an das linke Ohr zu fassen. Die Polizisten rieben sich schadenfroh die Hände.

»Mindestens neun Monate Fahrverbot«, prophezeite der eine.

»Wenn alles gut läuft, vielleicht sogar noch mehr«, sagte der andere.

Nach zwei Wochen bekam mein Nachbar jedoch seinen Führerschein wieder zurück, zusammen mit einem Schreiben der Amtsanwaltschaft. Dort stand:

»Sehr geehrter Herr Silberstein,

anliegend erhalten Sie Ihren polizeilich sichergestellten Führerschein vorbehaltlich des Ausganges des noch gegen Sie anhängigen Ermittlungsverfahrens zunächst zurück. Hochachtungsvoll, Justiz Struck.«

»Sie machen sich lustig über mich«, witterte Sergej. »Man sieht es doch, sie schicken mir Briefe in Reimen! Diese Schweinedichter!«

Im Internet las er dann, dass sie eigentlich kein

Jeder ist ein Dichter

Recht hätten, ohne sein Einverständnis sein Blut für irgendwelche Drogentests zu missbrauchen.

»Ich möchte mich beschweren, wenn möglich ebenfalls in Reimen. Du bist doch Dichter, kannst du für mich nicht einen Brief in Reimen aufsetzen?«, fragte er mich.

»Ich bin kein Dichter«, entgegnete ich. »Außerdem kann ich in diesem Schreiben keine Reime finden. Im Deutschen kann man doch fast alle Worte grammatikalisch so biegen dass sie die gleichen Buchstaben am Ende haben.«

Bei uns im Hof hängt auch seit Ewigkeiten so ein Reim: »Das Anschließen von Fahrrädern an der Wasserleitung ist zu unterlassen, sonst muss die Verwaltung sie kostenpflichtig entfernen lassen.« So gesehen ist in Deutschland jeder Hauswart ein Dichter. In Indonesien übrigens ist es noch schärfer. Dort ist »Dichter« fast ein Schimpfwort – ein höflicher Ersatz für »faule Säcke«, weil sich im Indonesischen alles reimt. Wenn dort zum Beispiel ein Mann gefragt wird, was seine Frau mache, und er darauf antwortet: »Sie dichtet«, dann heißt das, die Frau hat nichts zu tun. Man hat mir erzählt, dass auch in Südindien, in Kerala, alle leicht zu Dichtern werden, weil fast jedes Wort in ihrem Dialekt mit »lam« endet.

»Ach so«, sagte Sergej, »alles klar. Dann mache ich es halt alleine.«

Eine Stunde später zeigte er mir den Entwurf seines gereimten Briefes an die Amtsanwaltschaft:

»Bezüglich Ihres Schreibens, das ich bekam, möchte ich mich beschweren lam lam lam. Der Brief gibt keine Antwort, wie es dazu kam, dass ich mit 0,26 Promille zwei Stunden in Handschellen lam lam lam. Wie schadenfroh der Beamte mir das Blut abnahm, das kränkt mich immer noch lam lam lam. Angesichts der Tatsache, dass ich doch davonkam, bezeichne ich ihre Arbeit als lam lam lam.«

Meine Frau und ich waren begeistert. Seitdem lebt die Poesie in unserem Haus und in unseren Herzen.

Die Kirche

Genau wie ich war Andrej absolut zufällig in Berlin gelandet. Sein Erscheinen hier war kein sauber geplanter Karriereschritt, sondern Ergebnis dunkler politischer Machtspiele im Bundestag. Dazu gehörte die Diskussion über »Kinder statt Inder«, die Deutschland zu diesem Zeitpunkt erschütterte. Plötzlich hatte das Land zu wenig Computerspezialisten, und die Bundesregierung überlegte, wer auf die Schnelle einspringen könnte – die preiswerten zuverlässigen Inder oder teure, aber dafür hundertprozentig deutsche Kinder. Es kamen weder die einen noch die anderen: Die Inder hatten zu tun, und die Kinder blieben bis auf weiteres in ihren Kitas. Also bewarben sich die Russen um den Job. Andrej bekam ein verlockendes Angebot von einer internationalen Firma mit Sitz in Berlin.

In einer Nacht-und-Nebel-Aktion packte er und fuhr nach Berlin, in der Hoffnung auf ein neues spannendes Leben im Ausland. Erst nach einem Jahr in Berlin dämmerte es ihm langsam, wo er eigentlich gelandet war, und er fing an zu meckern. Ständig verglich er seine Berliner Existenz mit seinem früheren Leben in St. Petersburg. Er konnte die Reize der deutschen Hauptstadt nicht erkennen. Nichts gefiel ihm außer seinem Gehalt: Die Wurst schmeckte nicht, die Wirte waren unfreundlich, die Häuser schlecht gebaut, die Frauen schlecht gelaunt. Selbst die Badewanne in seiner WG war ihm zu klein, er konnte sich kaum darin bewegen. Auch das Autofahren in Berlin klappte irgendwie nicht: Kaum setzte er sich ans Steuer und gab Gas, schon hielt ihn die Polizei an.

»Man kann sich hier nirgendwo wild amüsieren«, beschwerte sich Andrej bei uns in der Küche.

Dann kam der Winter, für uns immer die Urlaubszeit, und er wollte unbedingt nach St. Petersburg.

»Ich kann es nicht erwarten, meine alten Freunde dort wiederzusehen«, meinte er.

Zwei Wochen später trafen wir uns alle in Berlin wieder. Meine Frau und ich hatten uns gut erholt,

Die Kirche

aber unser Freund sah völlig fertig aus. Er konnte nicht gerade stehen, lief immer gebückt und mit deutlichem Linksdrall und war für zwei Wochen krankgeschrieben. Voller Entsetzen erzählte uns Andrej von den wilden Nächten, die er in St. Petersburg verbracht hatte. Er hatte seine Freunde getroffen, viel war in seiner Abwesenheit passiert. Der arme Physiklehrer hatte sich bei Coca-Cola als Verkaufsleiter beworben und den Job auch bekommen. Schnell war er reich geworden. Der scheue Grafikdesigner hatte eine Achtzehnjährige in einer Bar kennengelernt, hatte sie geheiratet und war unglücklich geworden. Die Exfreundin von Andrej hatte sich in einen orthodoxen Religionsfanatiker verliebt, der ein Tätowierungsstudio in St. Petersburg betrieb. Dort bot er allen Gläubigen zu einem gerechten Preis schöne Tätowierungen mit religiösen Motiven an. Der Religionsfanatiker erwies sich als so netter Kerl, dass er nach der zweiten Flasche Wodka in Andrejs Freundeskreis aufgenommen wurde.

Andrej hörte sich all diese Geschichten an und bekam das Gefühl, im westlichen Ausland zu verfaulen. Er konnte kaum etwas Aufregendes über sein Leben in Berlin erzählen – es stagnierte vor sich hin, während es bei seinen Freunden mit Volldampf vorangegangen war. Eine Woche verbrachten sie im Suff. Dann musste Andrej wieder nach Berlin zurück. Am

Die Kirche

letzten Abend schlug ihm der Religionsfanatiker vor, sich kostenlos eine Tätowierung bei ihm im Studio verpassen zu lassen, zur Erinnerung an ihre wunderbare Begegnung. Der Coca-Cola-Manager, Andrejs Exfreundin und der unglücklich verheiratete Grafikdesigner waren von der Idee begeistert. Warum eigentlich nicht, dachte Andrej. Ein nettes kleines Tattoo kann nicht schaden. Sie nahmen einige Flaschen Wodka und fuhren noch in derselben Nacht ins Studio. Der Meister bot Andrej das beste Piece aus seiner Sammlung an: die Kirche des heiligen Wladimir. Das riesengroße Gebäude mit fünf Kuppeln passte gerade so auf Andrejs Rücken. Andrej war verzweifelt.

»Um ein solches Gemälde auf meinen Rücken zu tätowieren, werden wir bestimmt drei Tage brauchen«, wandte er ein.

»Das ist eine Sache von drei Minuten«, beruhigte ihn der Religionsfanatiker. »Ich arbeiten nämlich nicht mit der Maschine, sondern nach einem von mir persönlich entwickelten Verfahren. Ich nenne es ›Schocktätowierung‹. Dabei wird ein von Hand gefertigtes Muster auf deinen Rücken gepresst – zack und fertig!«

Stolz zeigte der Tattoomeister Andrej ein Brett, aus dem Hunderte von Stahlnägeln herausragten. Zusammen bildeten sie die Kirche des heiligen Wladimir. Andrejs Freunde waren von der Idee begeistert.

»Natürlich wird es für dich ein Schock sein, ein bisschen Schmerz, ein wenig Leiden. Aber dafür wirst du dann noch lange an dieses religiöse Ereignis erinnert«, meinte der Religionsfanatiker.

»Wir werden dich mit Wodka betäuben, damit du nicht in Ohnmacht fällst«, beruhigten die Freunde Andrej.

Er legte sich auf die Couch. Der Tattoomeister trug die Farbe auf die Nägel auf. Dann gab er Andrej ein Schnapsglas, desinfizierte mit dem Rest des Alkohols seinen Rücken und presste das Nagelbrett mit voller Kraft darauf. Der Schmerz war so stark, dass unser Freund für einige Minuten das Bewusstsein verlor. Als er wieder zu sich kam, stellte er fest, dass er sich nicht mehr richtig bewegen konnte. Wahrscheinlich war bei der Prozedur irgendein Rückennerv verletzt worden.

In der Badewanne fiel Andrej beinahe ein zweites Mal in Ohnmacht, als er im Spiegel seinen Rücken sah. Dem betrunkenem Tattoomeister war ein fataler Fehler unterlaufen: Er hatte das Brett falsch aufgesetzt und die Kirche verkehrt herum auf den Rücken gedrückt – mit den Kuppeln nach unten. Nun sah sie wie eine riesige fünfbeinige Krake aus, und war als Kirche überhaupt nicht mehr erkennbar. Zuerst wollte Andrej dem großen Meister die Fresse einschlagen, doch Letzterer saß volltrunken in seiner Werkstatt und war nicht ansprechbar. Am nächsten Tag verließ Andrej seine Heimat und flog zurück nach Berlin. Verfluchtes St. Petersburg! Sein Rücken sei nun hoffnungslos versaut, meinte er. Die Ärzte hätten ihm zwar gesagt, dass sie ihm ein Implantat aus Kunststoff annähen oder ein Stück Haut aus seinem Hintern verpflanzen könnten, aber das sei tierisch teuer und auch nicht ungefährlich.

»Wäre ich nur mit euch nach Teneriffa gefahren, dann wäre das alles nicht passiert«, seufzte er bedrückt. Und wir gaben ihm Recht.

Blauwürste und Dame mit Hut

In Dezember beschlossen Sergej und ich mit seinem Auto einen Ausflug nach Charlottenburg zu unternehmen, um einen alten Freund von mir zu besuchen. Thomas, ein ehemaliger Theaterkollege von mir, hatte sich ein Jahr zuvor von der Kunst verabschiedet und als Geschäftsführer ein Restaurant in der Nähe des Savignyplatzes übernommen. Seitdem langweilte er sich zu Tode. Jedes Mal, wenn ich ihn besuchte, erzählte er mir, wie toll dieses Lokal früher gewesen wäre – das einzige Restaurant in der Stadt mit echter fränkischer Küche im Angebot: blaue gekochte Bockwürste in Apfelsud und dazu erlesene Weine.

»In den Zwanzigerjahren wurden hier sogar Wohltätigkeitskonzerte veranstaltet, und jede Menge berühmte Musiker traten hier auf. Heute kommen nur noch drogenabhängige Punker mit ihren Gitarren bei uns vorbei. Sogar die Touristen meiden uns und fahren inzwischen nach Ost-Berlin«, beschwerte sich Thomas.

»Ost-Berlin ist heute in«, bestätigte Sergej, der neuerdings nur in Reimen Deutsch sprechen konnte. Wir saßen alle drei an einem Ecktisch, draußen leuchteten Girlanden, die ganze Stadt verwandelte sich unaufhaltsam in einen einzigen Weihnachtsmarkt.

Das Restaurant war an dem Abend leer, nur zwei Rentner nippten an ihren Kaffeetassen, und ein junges Pärchen besprach seine interne Beziehungssituation. Keiner interessierte sich für Thomas' blaue Würste. Da ging die Tür auf, und eine Frau betrat das Lokal. Sie trug ein langes schwarzes Kleid unter dem Mantel und hatte einen riesengroßen Hut auf dem Kopf, als käme sie aus einer anderen Zeit, oder als hätte der Fundus der Komischen Oper seine Garderobe zu Weihnachten verramscht.

»Ich habe Hunger«, sagte sie zu Thomas, »was würden Sie mir empfehlen?«

Thomas empfahl ihr natürlich die blauen Würste, dazu einen Rotwein und Pflaumenkuchen zum Dessert. Die Frau aus den Zwanzigerjahren aß alles auf, trank anschließend noch einen Cognac und weigerte sich dann zu bezahlen. So etwas passierte Thomas zum ersten Mal. Zwar war es schon mehrmals vorgekommen, dass Kunden weggelaufen waren, ohne ihre Rechnung zu begleichen, doch diese Frau hatte nicht vor wegzulaufen.

»Ich zahle nie«, wiederholte sie nur immer wieder, »das lehne ich prinzipiell ab.«

Thomas war aufgeschmissen. Die Frau lächelte ihn freundlich an und fragte, ob er vielleicht eine Zigarette für sie habe. Er riet ihr stattdessen mit bösem Gesicht, die Rechnung zu bezahlen: »Sonst werde ich die Polizei alarmieren!«

»Tun Sie, was Sie für richtig halten, ich zahle nie«, wiederholte die Dame.

Thomas ging zum Telefon, kehrte dann aber wieder zu der Dame zurück. Er hatte keine Lust auf die Polizei.

»Überlegen Sie es sich noch einmal gründlich, das kann nämlich schlecht für Sie ausgehen!«, warnte er.

»Junger Mann«, sagte die Dame, »brüllen Sie mich nicht so an, alarmieren Sie von mir aus die ganze Stadt, ich werde nicht weglaufen. Kann ich noch einen Rotwein haben?«

»So eine Frechheit!«, rief Thomas verzweifelt und telefonierte dann doch mit der Polizei.

Alle Gäste starrten nun die Dame mit dem Hut an. Sie benahm sich sehr gelassen, als täte sie so etwas jeden Tag. Wahrscheinlich tat sie das auch. Einer der Rentner gab ihr eine Zigarette. Die Polizei kam und kam nicht. Thomas wurde immer nervöser und drehte in seinem Restaurant sinnlose Kreise. Die Dame strahlte währenddessen weiter Freundlichkeit aus. Eine halbe Stunde verging.

»Regen Sie sich nicht so auf«, beruhigte sie Thomas, »sie kommen schon noch – früher oder später. Die Polizei hat heutzutage viel zu tun.«

»Zahlen Sie lieber Ihre Rechnung!«, erwiderte Thomas, »und wir gehen als Freunde auseinander.«

»Freundschaft hat mit Geld nichts zu tun«, konterte die Frau. »Wenn wir uns dem Kapital unterordnen und nur über Rechnungen miteinander kommunizieren, dann werden wir bald den Rest unserer Menschlichkeit verlieren und zu Tieren herabsinken«, erklärte sie und starrte an die Decke.

»Das stimmt«, bestätigte einer der Rentner aus der Ecke und bot der Dame noch eine Zigarette an. »Ich heiße übrigens Johannes«, sagte er.

»Aber Sie haben doch meine Würste gegessen«, widersprach Thomas, »einfach so! Ist das etwa menschlich?«

»Ich habe mich dafür bedankt«, konterte die Frau. Noch eine halbe Stunde verging, die Polizei war immer noch nicht da. Sergej und ich warteten fasziniert, wie diese kleine Revolution ausgehen würde.

»Möchten Sie vielleicht einen Rotwein?«, fragte Thomas die Dame.

»Nein, lieber ein Mineralwasser, aber ohne Kohlensäure«, sagte sie.

Da ging die Tür auf, und ein Polizistenpärchen kam herein. Der weibliche Polizist bezog Stellung an der Tür, der männliche Polizist ging auf Thomas zu.

»Probleme?«, fragte er.

Thomas saß zusammen mit der Dame und dem Rentner Johannes am Tisch und trank einen Schnaps nach dem anderen.

»Entschuldigung, es war ein Fehlalarm«, sagte er zu dem Polizisten.

»Wissen Sie was so ein Einsatz kostet?«, regte sich der Polizist auf. »Und wer zahlt das?«

»Ich werde nichts bezahlen«, brachte sich die Dame wieder ins Gespräch. »Aus Prinzip.«

Der Polizist schimpfte noch ein bisschen, dann verließ er mit seiner Kollegin das Lokal. Die Dame wollte auch gehen.

»Kommen Sie wieder«, sagte Thomas zu ihr.

»Ach, ich weiß nicht so recht, vielleicht im nächsten Jahr«, kokettierte die Dame.

»Hier ist was los«, freute sich mein Nachbar.

Was mir mein Nachbar über weißrussisches Bibergeil erzählte

Jedes Land hat einen Vogel oder ein anderes Tier, auf das es besonders stolz ist. Es kann unter Umständen auch ein Fisch oder ein Insekt sein, wichtig ist allein, es muss über irgendeine wertvolle Substanz verfügen, eine, die außergewöhnliche Qualitäten besitzt und dadurch die Einmaligkeit und Besonderheit des Landes und seiner Einwohner hervorhebt. Diese besondere Substanz muss Krankheiten heilen können, Menschen von Schmerz und dummen Gedanken befreien oder einfach nur sehr gut schmecken. Auf jeden Fall muss diese Substanz potenzsteigernd wirken, um die notwendige Beachtung der Welt zu

Was mir mein Nachbar über weißrussisches Bibergeil erzählte

gewinnen. Der Markt der besonderen Substanzen hat sich in Laufe der Jahrhunderte kaum verändert, er ist übersichtlich geblieben: Tigerzahn, Affenfötus, Löwenmähne, Adlerschwinge, Eisbein, Bärengalle, Foie gras. Auch Kolibrizungen, die Blase des kaspischen Störs und den Herbstschiss der georgischen Biene kannte und nutzte man bereits zur Zeit der Antike. Schon die Griechen und Römer haben sie geschätzt.

Natürlich waren all diese Substanzen schon immer sehr teuer und unglaublich schwierig zu beschaffen. Eine Menge Jäger und Sammler mussten für sie mit ihrem Leben bezahlen. Aber sie hatten keine andere Wahl. Die Historie zeigt, dass ohne eine eigene besondere Substanz kein Land, kein Volk, keine Nation auf Dauer bestehen kann. Warum aber die großen Kulturen der Vergangenheit, das griechische und römische Reich, trotz der vielen Substanzen, die sie besaßen, untergingen, das weiß man erst heute. Ihnen fehlte Bibergeil. Und obwohl Kanada immer wieder mit seinen Bibern angibt, muss hier gesagt werden, dass es richtig geiles Bibergeil nur in Weißrussland gibt. Es wird dort Biberstrahl oder auch »Gold der Sümpfe« genannt.

Der Biber ist der größte Stolz der Weißrussen. Das, was den Franzosen Napoleon, den Amerikanern Washington und den Deutschen, äh, Kohl ist,

ist den Weißrussen der Biber. Gleich hinter dem Biber kommt auf der Popularitätsskala der weißrussische Diktator-Präsident Alexander Lukaschenko. Eigentlich heißt der weißrussische Biber »europäischer Biber«, doch weil die Weißrussen nicht in die EU aufgenommen wurden, haben sie ihren Biber umgetauft. Er gilt als Symbol für den Arbeitsfleiß, die Intelligenz und Bescheidenheit der Weißrussen. Er lebt in speziell für ihn eingerichteten Reservaten unter der Schirmherrschaft von Alexander Lukaschenko. Niemand kann dem weißrussischen Biber etwas anhaben. Der Biber hat in Weißrussland ein geiles Leben, je besser es ihm geht, desto mehr Bibergeil kann er produzieren.

Das Bibergeil ist eine stark riechende Flüssigkeit, die die Biber in ihren Hoden haben. Jeder Biber hat Hoden, egal ob Männchen oder Weibchen. Besonders viel Bibergeil wird in der Paarungszeit produziert, wenn die Biber Biberburgen bauen und Familien gründen. Zu dieser Zeit schneiden die Sicherheitskräfte des Präsidenten den Bibern die Hoden ab und sammeln das Bibergeil in speziellen Behältern aus Leder. Davon wird die Hälfte vom Präsidenten persönlich, die andere Hälfte von seinen engsten Mitarbeitern und Familienangehörigen verbraucht. Sie werden nie krank und sehen geil aus. Wenn noch etwas Bibergeil übrig bleibt, wird der

Rest nach Westeuropa oder nach Saudi-Arabien für viel Geld verkauft. Nach Amerika will der weißrussische Präsident nichts verkaufen, er mag die Amerikaner nicht.

Die Ernte geht nicht immer glatt. Manchmal streiken die Biber und bringen den Präsidenten in Bedrängnis. Es ist eben viel einfacher, Menschen zu verwalten als Biber, denn die Biber tun, was sie wollen, und hören nie zu.

Letztes Jahr fuhr Lukaschenko mit einer Journalisten-Eskorte in den Sumpf, um die Biberburgen persönlich zu besichtigen. Die Reise sollte sein Image als Vater der Nation aufpolieren, ein Vater, der sich um alles, sogar um kleine Tierchen, kümmert. Es wurden auch ausländische Gäste eingeladen und der Sicherheitsdienst des Präsidenten hatte eine Route durch die Sümpfe des Naturparks vorgegeben, die maximale Sicherheit garantierte. Nur die Biber machten nicht mit. Sie hatten ausgerechnet an dem von den Sicherheitsorganen vorgesehenen Ort keine Biberburgen gebaut. Und nun war es zu spät, um die Route zu ändern. Also mussten zwei Kolchosen aus der Region herangezogen werden, um in dem Sumpf auf die Schnelle Biberburgen zu bauen. Die Menschen gaben sich Mühe, doch am Morgen, kurz bevor der Präsident ankam, schwammen die richtigen Biber an den falschen Burgen vorbei, inspizierten sie, befanden die Burgen für schlecht – sie rochen nach Menschenschweiß und Kolchose, nicht nach Bibergeil – und zermalmten sie an Ort und Stelle zu Kleinholz. Bei der Ankunft des Präsidenten schwammen nur noch Holzspäne auf dem Wasser.

Die Biber hatten den Präsidenten vor den Journalisten und ausländischen Gästen total blamiert. Lukaschenko ließ sich nichts anmerken, tobte aber hinter den Kulissen fürchterlich, wie einige Familienangehörige anschließend berichteten. Es wurden Schuldige gesucht und auch gefunden, sie wurden der Spionage und Sabotage bezichtigt und mit der höchstmöglichen Strafe gemäß der weißrussischen Gesetzgebung bestraft. Unter den Beschuldigten war verständlicherweise kein einziger Biber, denn die haben zusammen mit dem Präsidenten in Weißrussland einen Sonderstatus und können tun und lassen was sie wollen.

Moskauer Sitten

Ich bin ein Moskauer, aber die meisten Freunde von mir kommen aus St. Petersburg oder Weißrussland. Auch mein Lieblingsschriftsteller, mein Lieblingsmaler, meine Frau und neuerdings auch meine Nachbarn kommen von dort. Diese Tatsache macht mich als Moskauer zu einem Außenseiter. Als eingefleischter Moskowiter darf ich eigentlich den Petersburgern nicht einmal die Hand schütteln. Kaum jemand kann noch genau erklären, warum die Bewohner beider Städte einander nicht ausstehen können. Diese Feindschaft hat eine lange Tradition und ist in der Geschichte Russlands tief verwurzelt. Die Moskauer halten die St. Petersburger für arrogant, die St. Petersburger halten die Moskauer für prollig. Selbst nach vielen Jahren in Berlin, werde ich von meinen Nächsten oft mit solchen Ausdrücken wie »typisch Moskauer« oder »dieser Moskauer Dialekt« gehänselt.

Ich bin kein großer Patriot und habe nichts gegen St. Petersburg. Es ist eine schöne Stadt, ein wenig muffelig vielleicht, außerdem gehen die Brücken ständig auf und zu, die Bewohner sind unglaubliche Angeber, der See ist dreckig, das Wetter das ganze Jahr über beschissen, das Nachtleben provinziell. Aber sonst finde ich St. Petersburg völlig in Ordnung. Nur diesen ewigen Hohn Moskau gegenüber, der schönsten aller russischen Städte, kann ich nicht nachvollziehen. Auch viele Deutsche scheinen ein falsches Bild von Moskau zu haben.

»Lieber Herr Kaminer«, stand neulich in einem Brief, »hier ist ein Thema, das ich Ihnen gerne vorschlagen würde für Ihre literarische Arbeit. Es geht dabei um Moskauer Manieren. Als ich vor kurzem dort war, ist mir aufgefallen, dass alles, was bei uns unter Servicebewusstsein, Dienstleistungsmentalität und ähnlichen Begriffen läuft, in Moskau nur rudimentär entwickelt bzw. überhaupt nicht vorhanden ist. Diese versteinerten Mienen der Bedienungen in Läden, Supermärkten, an der Museumskasse oder im Restaurant. Ich weiß nicht, ob die allgemeine Misslaunigkeit vor allem Touristen oder nicht russischsprachige Menschen erfahren, glaube es aber fast nicht. Meine Kollegen, deutsche Korrespondenten und Journalisten, die ich in Moskau getroffen habe, waren die Griesgrämigkeit so gewöhnt, dass sie sie kaum noch wahrnahmen.«

Ich schrieb dem Absender zurück:

Als gebürtiger Moskauer kann ich Ihnen da nur zustimmen. Obwohl ich schon seit zwölf Jahren in der weltoffenen Metropole Berlin lebe, habe ich ständig mit der mir anscheinend angeborenen Grimmigkeit zu kämpfen. Es fällt mir schwer, freundlich zu lächeln. Ich vergesse manchmal »Bitte« und »Danke« zu sagen, und wenn ich meine Nachbarn im Treppenhaus grüßen will, sind sie normalerweise schon über alle Berge. Hin und wieder neige ich sogar zu grob sittenwidrigen Handlungen und werde dann von meinen Nachbarn und meiner Frau, alles gebürtige St. Petersburger, zu zivilisiertem Verhalten angehalten.

Die schwierige Last der Moskauer Manieren trage ich schon mein ganzes Leben lang und erkenne daher einen Landsmann immer schon von weitem. Ob in Lettland oder in der Ukraine, in Kasachstan oder Moldawien, überall zeigen die Menschen sofort mit dem Finger auf einen und sagen ihren Kindern: »Schau mal da – ein Moskauer. Der sieht nicht gut aus.«

Sich über Moskauer Sitten zu beschweren hat eine lange Tradition und ist inzwischen selbst in Russland eine Selbstverständlichkeit geworden. Beinahe alle berühmten Schriftsteller und Dichter haben sich über dieses Thema ausgelassen. Sie beschreiben die schrecklich bäuerlichen Moskauer Manieren, seit es Literatur gibt. Historiker berichten, dass der unaufhaltsame Sittenverfall und die kontinuierlich steigende Alltagskriminalität in dieser Gegend bereits im elften Jahrhundert ein großes Thema war, als es Moskau noch gar nicht richtig gab. Sogar Tschingis Khan, der etwas später die halbe Welt eroberte, hatte von den Moskauer Sitten schnell die Nase voll und verzichtete gelegentlich sogar auf die Schutzgeldzahlungen, nur um nicht schon wieder dorthin reiten zu müssen.

Auch viele meiner Freunde und Bekannten mögen diese Stadt nicht. Meine Freunde Sergej und Andrej zum Beispiel, der eine ein geborener St. Petersburger, der andere ein Weißrusse, die heute wie ich in Berlin leben, regen sich jedes Mal fürchterlich auf, wenn sie in Moskau sind. Fast überall fühlen sie sich beleidigt und verletzt und beschweren sich anschließend bei mir. Am Zeitungsstand in Moskau sagt die Verkäuferin niemals »Hallo«. Sie kuckt so finster aus ihrem Häuschen, als wäre der Kiosk ihr Panzer und sie eine Kanone, die gleich Feuer spuckt. Sie wird einen Kunden niemals fragen, was für eine Zeitung er denn gerne hätte. Das ist ihr nämlich scheißegal. Wenn sie einen schlechten Tag hat, kriegt der Kunde gar nichts. Wenn sie aber gut drauf ist, kann er alle Zeitungen umsonst bekommen, einfach so! Weil wir Moskauer eigentlich total freundlich und intelligent sein können. Und höflich! Nur nicht jeden Tag. Und wir lachen nicht über jeden Witz. Und man kann ein anständiger Mensch sein, ohne jedem ständig mit »Bitte« und »Danke« auf die Nerven zu gehen.

Weil wir Moskauer so sensibel sind, brauchen wir unsere schlechten Manieren, um uns zu schützen. Denn was ist diese heißbegehrte Service-Mentalität, wenn nicht eine Lüge? Und was sind die Höflichkeitsgesten in einer Gesellschaft wert, wo jeder eh nur um seinen Bauchnabel kreist. Dafür können die grimmigen Moskauer mitten im Winter in einen Fluss springen, um einen herrenlosen Hund an Land zu ziehen, ihn anschließend füttern und verwöhnen, weil die Liebe die Welt errettet. Und ihn am nächsten Tag wieder in den Fluss werfen, weil das Ganze sowieso keinen Sinn hat.

Die allgemeine Unzufriedenheit liegt in der Natur meiner Landsleute. Deswegen gibt es so gut wie nie gutes Wetter in Moskau. Es ist immer entweder zu heiß oder zu kalt, zu trocken oder zu regnerisch. Wenn die Moskauer über ihre Arbeit reden, ist es in der Regel eine Scheißarbeit, die außerdem schlecht oder gar nicht bezahlt wird. Die Moskauer gehen ungern aus, sie haben keinen Bock auf Theater und interessieren sich nicht für Ballett. Ich kenne auch keinen einzigen Moskauer, der schon einmal im Mausoleum war. All diese Menschen, die in den Kinos und Theatern sitzen oder in der Schlange vor dem Lenin-Mausoleum stehen, sind Zugezogene, St. Petersburger oder Ausländer. Eigentlich zählen alle als Ausländer, die nicht seit dem elften Jahrhundert in Moskau leben. Sie werden von den echten Moskauern verachtet. »Wo kommt ihr nur alle her? Geht weg da!«, schrie immer eine alte Oma aus unserem Haus, die extra tagelang an einer Bushaltestelle verbrachte, um die Menschen in den überfüllten Busen zur schnelleren Weiterfahrt zu motivieren. Sonst aber ist Moskau eine kosmopolitische Stadt. Nur mit der Heimatliebe sieht es nicht gut aus. Die Regierung war ganz schön erstaunt, als über siebzig Prozent der Bevölkerung auf die Frage »Was würden Sie tun, wenn die Hauptstadt Russlands nach Nowgorod verlegt würde?«, antworteten: »Auch nach Nowgorod ziehen.«

Egal ob gehasst oder geliebt: Moskau ist für alle ein Erlebnis – auch ohne Servicebewusstsein. Und die Korrespondenten und Journalisten aus aller Welt, die in Moskau arbeiten, sollten sich auf die seltsamen Sitten schon im Vorfeld einstellen. Das ist gar nicht schwierig, denn die Moskauer machen aus ihren Macken kein Geheimnis. Sogar in dem weltberühmten Lied von 1957 »Moskauer Nächte« wird ausführlich beschrieben, worauf man gefasst sein muss. Leider habe ich im Internet keine deutsche Textfassung gefunden, aber auch in der computerübersetzten Version werden die Sitten meiner Heimatstadt sichtbar:

Nicht ein Flüstern ist im Garten zu hören,
Unten, bis Dämmerung alles eingefroren,
Wenn Sie nur wüssten, wie die sind,
Diese Nächte von Moskau!

Klartext: Normalerweise verbringt man in Moskau die Nacht zu Hause, weil es draußen dunkel und nicht ungefährlich ist. Wenn einer trotzdem Lust hat, in einem großen Garten – zum Beispiel im Gorki-Park – nachts spazieren zu gehen, wird er dort wenig zu sehen und zu hören bekommen. Sollte er aber in den Büschen doch irgendetwas hören, dann wäre es angebracht, ganz schnell aus dem Garten zu verschwinden. Weiter heißt es im Lied:

Der Fluss bewegt sich und (manchmal) nicht,
Alles voll von Mondsilber.
Ein Lied klingt und soll nicht gehört werden
In jenen Nächten von Moskau.

Klartext: Sollten Sie doch in eine Auseinandersetzung mit Unbekannten geraten, rufen Sie nicht um Hilfe. Es kann dadurch nur noch schlimmer werden.

Warum blicken Sie, Liebling, auf mich von der Seite,
Ihren Kopf verbiegen Sie so niedrig?
Zu sagen ist nicht einfach
Alle Sachen, die in meinem Herzen sind.

Klartext: In einer solchen Situation ist eines wichtig: Keine blöden Bemerkungen über das Äußere und das Verhalten Ihres Gegenübers machen. Das könnte nervenschwache Menschen nur zusätzlich beunruhigen.

Und Dämmerung wird immer sichtbarer.
So seien Sie bitte so freundlich:
Sie auch vergessen nicht
Diese Nächte von Moskau.

Klartext: Außergewöhnliche Erlebnisse bleiben tief in unserem Unterbewusstsein verankert. Wenn sich zwei Menschen treffen, die zum Beispiel im Knast saßen oder in der Armee gedient haben, so werden sie sich immer viel zu erzählen haben, auch wenn diese Ereignisse schon Jahrzehnte zurückliegen. So ist es auch mit Moskau. Einer, der diese Stadt richtig kennengelernt hat, wird sie nie mehr vergessen.

Der Sinn des Eisfisches

Nach den Gesetzen der Dramaturgie treffen sich die Protagonisten in einem Theaterstück immer zwei-, manchmal sogar dreimal. Nicht anders ist es im Leben. Alle fünfundzwanzig Jahre treffe ich auf die Schatten meiner Vergangenheit, immer unerwartet und an Orten, zu denen man sonst nie gehen würde.

Mein Nachbar Andrej wollte zur Eröffnung eines neuen großen russischen Lebensmittelladens nach Friedrichhain, und ich kam mit, um ihm Gesellschaft zu leisten. Alles war wie immer: Berge von Sprottenbüchsen, das russische Konfekt *Bärchen im Norden*, Salztomaten in Dreiliteraquarien. Und plötzlich blickten wir in diese großen hellen Augen direkt vor uns. Ein Schock. Wir hatten ihn ein Vierteljahrhundert nicht gesehen, trotzdem erkannten wir ihn sofort, seinen großen, hässlichen Kopf mit dem riesigen Maul und den vielen krummen scharfen Zähnen darin. Kein Zweifel, es war der Eisfisch. Er lag stapelweise im Eis hinter der Vitrine, und Andrej kaufte sofort drei Kilo.

Der Eisfisch, der in der korrekten deutschen Übersetzung Krokodileisfisch heißt, wahrscheinlich wegen seines schrecklichen Aussehens, ist ein sowjetisches Mysterium. Eigentlich durfte es ihn bei uns gar nicht geben, doch jahrzehntelang zählte dieses Fischkrokodil zu unseren Grundnahrungsmitteln. Es war das mit am häufigsten anzutreffende sozialistische Fischprodukt. Man aß ihn und fütterte mit ihm die Katzen. Meine Mutter backte ihn zum Beispiel in einer Senfkruste im Ofen, das Gericht hieß »Eisfisch im Warmmantel« und wurde mit Backkartoffeln serviert. Der Eisfisch ist kein gewöhnlicher Fisch, er ist fast durchsichtig, hat nur einen Knochen, riecht nicht nach Fisch, sein Blut ist weiß, da ihm das Hämoglobin fehlt, und er lebt in antarktischen Gewässern weit weg von der Sowjetunion.

Wie kam es, dass ausgerechnet diese seltene Gattung vom anderen Ende der Welt in den Fischläden des Sozialismus jahrzehntelang geführt wurde? Soweit ich weiß, hatten wir am Südpol keine sozialistischen Bruderländer, die uns aus Solidarität mit Eisfisch hätten beliefern können. Auch Geschäftspartner der Sowjetunion, die einen Warenaustausch in Gang setzen konnten, Panzer oder U-Boote gegen Eisfische zum Beispiel, würde man da unten vergeblich suchen. Die meisten Eisfische werden von australischen Fischern gefangen, aber mit Australien hatte die Sowjetunion nie etwas am Hut, und umgekehrt zeigte Australien kein Interesse am Sozialismus. Dafür haben sie jetzt ihr Ozonloch. Aber lassen wir die Australier gut sein, wir wollen nicht vom Thema abweichen. Unser einziger Freund nahe am Südpool war Salvador Allende. Er hätte uns sicher mit Eisfisch beliefern können, aber seine Präsidentschaft währte nicht lange. Schon nach drei Jahren wurde er von General Pinochet weggeputscht und ermordet. Und von General Pinochet hatte die Sowjetunion keinen Fisch zu erwarten, nicht einmal Gräten. Er hasste alle Kommunisten und hätte den Fisch lieber an die Pinguine verfüttert, als ihn an die Sowjetunion zu verkaufen.

Trotz des Putsches in Chile blieb der Eisfisch jedoch in allen Fischregalen Russlands bis zum letzten Atemzug des Sozialismus liegen. Außer die russische

Bevölkerung zu ernähren, übernahm der Eisfisch eine viel wichtigere Aufgabe. Er vermittelte zwischen beiden Halbkugeln. Durch ihn fühlten wir uns selbst hinter dem Eisernen Vorhang der Ideologie nicht aus der Weltgemeinschaft ausgeschlossen. Der Sinn des Eisfisches war, uns ein Gefühl von Weltläufigkeit zu vermitteln. Jeder denkende Mensch in der Sowjetunion wusste: Eisfisch und Allende, das sind unsere offiziellen Freunde auf der Südseite des Planeten. Über den einen hat man in Russland Filme gedreht und Theaterstücke geschrieben und den anderen gebraten.

Im Westen kennen die Leute den Eisfisch kaum, weil er keine marktgerecht Form hat und deswegen sehr selten angeboten wird. Im Kapitalismus werden am liebsten Fische gegessen, die gut auf einen Teller passen wie die Dorade oder ähnliche Fische, die selbst wie ein Teller aussehen. Schollen beispielsweise. Das sind typisch kapitalistisch angepasste Tellerfische. Sie lassen sich leicht servieren, sehen niedlich aus, und kassiert wird pro Fisch und nicht nach Gewicht, was deutliche finanzielle Vorteile mit sich bringt. Diese Fische sind quasi von Natur aus vorportioniert. Im Sozialismus gab es kein vorportioniertes Essen. Unsere Fische passten auf keinen Teller. Sie waren entweder zu groß und mussten klein gehackt werden, oder sie waren zu klein, sodass man sie sie im Dutzend servierte.

Die Perfektion des westlichen überproportionierten Mikrowellenessens machte übrigens meinen Landsleuten noch lange zu schaffen, nachdem das neue kapitalistische Sortiment unsere Läden gefüllt hatte. Jedes Essen bestand zu achtzig Prozent aus Verpackung und führte die neu bekehrten Konsumenten oft in die Irre. Sie kauften zum Beispiel haufenweise »*Chicken Bags*«, spezielle Tütchen mit der Aufschrift »Nach nur zwanzig Minuten im Ofen schneiden Sie den Beutel auf und holen Ihr Hühnchen heraus, so goldbraun und knusprig, wie Sie es noch nie gesehen haben«. Die Menschen schoben die Beutel für zwanzig Minuten in den Ofen, holten sie heraus, machten sie auf – kein Hühnchen. Sie beschwerten sich bei den Verkäufern und hatten sicher auch irgendwie Recht, denn nirgends in der Gebrauchsanweisung für diese *Chicken Bags* stand, dass man zuerst ein Chicken hineinpacken musste, bevor man es in den Ofen schob. Aber draußen herrschten längst kapitalistische Verhältnisse, und es hatte keinen Sinn mehr, sich zu beschweren.

In der Sowjetunion gab es kaum Verpackungen, deswegen lösten aufwendig verpackte westliche Produkte manchmal Panik aus. Andrej erzählte mir einmal, wie er Stunden vor seiner ersten Auster saß, in Erwartung, sie würde sich irgendwie von allein öffnen. Dann suchte er nach dem geheimen Knopf oder einer Stelle, auf die man drücken musste, um die Muschel aufzukriegen.

Sein tätowierter Onkel, ein ehemaliger Knacki und Seemann, der zehn Jahre bei der sowjetischen Fischfangflotte gedient hatte, lüftete einmal das Geheimnis des Eisfisches, erzählte Andrej. Sein Onkel behauptete frech, er selbst hätte in den Siebzigern mehrmals Eisfische am Südpool gefangen. Damals waren die Fangquoten noch nicht so streng geregelt, auch sowjetische Schiffe durften um den Globus herum fischen, behauptete er.

»Jeder Fisch auf der Welt wird anders gefangen«, erzählte Andrejs Onkel. »Die Eisfische leben in der Tiefe, nur bei Vollmond kommen sie nahe an die Oberfläche, um den Mond zu bewundern. Als Weißblütler vergöttern sie den Mond. Wenn Wolken den Mond bedecken, leuchten die Fischer mit einem runden starken Scheinwerfer vom Boot ins Wasser. Die Eisfische denken, es wäre der Mond, schwimmen nach oben und werden mit Fangnetzen gleich zentnerweise eingesammelt.«

Russische Fische würden nie auf einen solchen Trick reinfallen, aber am Südpool sei sowieso alles anders als bei uns, meinte Andrej. Alles sei dort umgekehrt. Es sei sehr kalt, obwohl es doch Südpol heiße, das Abflusswasser im Waschbecken drehe sich in die falsche Richtung, und wenn eine Möwe mit dem Arsch nach vorne fliegt, heißt es, gleich wird es windig und stürmisch werden.

Wie Russen Weihnachten feiern

Bei uns in der Schönhauser Allee freuen sich die Vietnamesen aus dem Textil-Souvenir-Laden immer besonders auf Weihnachten. Das ganze Jahr über verstecken sie sich in ihrem Geschäft, sind kaum zu sehen hinter Bergen von Billigpantoffeln, Parfüm und künstlichen Blumen und spielen »Schiffe versenken« oder so etwas. Auf jeden Fall haben sie immer ein Blatt Papier vor sich und einen Kugelschreiber in der Hand. Vielleicht füllen sie auch irgendwelche Anträge aus oder schreiben Briefe an die Verwandtschaft. Kaum ein Kunde störte ihre Ruhe.

Anfang Dezember bekamen sie letztes Jahr eine neue Warenlieferung: christlicher Kitsch made in

China – ein leuchtender Jesus für 9,99 Euro mit Stecker. Wenn man ihn anschloss, strahlte er in allen Farben des Regenbogens. Es gab außerdem noch ein beleuchtetes Bild vom Abendmahl, auf dem alle in umgekehrter Reihenfolge am Tisch saßen, und eines von der heiligen Maria mit kleinen Glühbirnen in den Augen, integriertem Lautsprecher und Akkus. Jetzt konnte man den Textilladen schon von weitem erkennen – er leuchtete und strahlte. Die Vietnamesen hofften auf guten Umsatz. Das Feuerwerk der Weihnachtsbotschaft schien aber die guten Christen eher zu verschrecken. Sie kauften lieber in den herkömmlichen Läden Weihnachtsschmuck und Pyramiden, die trotz deutscher Wertarbeit fast alle klemmten und bei dem ersten Reparaturversuch auseinanderfielen.

Während sich in Deutschland die Weihnachtsfeiern zu einem pragmatischen Rabattfest entwickeln, wobei die Bevölkerung am Jahresende alle Regale in den Geschäften leerräumen muss, feiern die Russen noch immer irrational: Die Männer betrinken sich gründlich, und die Frauen üben sich im Wahrsagen. Jedes Jahr werden neue Chiromantie-Rezepte in der Öffentlichkeit diskutiert, wobei die Fragen immer die gleichen bleiben: Was erwartet dich im neuen Jahr? Kommt dein dir vom Schicksal Vorbestimmter? Wird er gut aussehen?

»Geh am Heiligen Abend aufs Dach. Schreib auf einen Zettel deine geheimen Wünsche und zünde ihn mit einer Kerze an. Brennt der Zettel ab, wird dein Wunsch erfüllt. Geht die Flamme aus, muss du noch ein Jahr auf Erfüllung warten.«

Das hört sich zwar wie blanker Unsinn an, ist aber eine Volksweisheit, die auf tausend Jahre alte Erfahrungen zurückgeht. Die Sitte, am Heiligen Abend wahrzusagen, ist älter als das Christentum. Bevor die Russen christianisiert wurden, feierten sie wie die meisten anderen Völker der nördlichen Halbkugel im Dezember das Sonnenwendfest. Denn auch die Russen hatten frühzeitig bemerkt, dass die Sonne sich im Winter immer seltener blicken lässt, und oft für lange Zeit sogar ganz verschwindet. Die Menschen hatten Angst, sie würde nicht mehr zurückkommen. Deswegen übten sie sich im Wahrsagen. Dann aber kehrte die Sonne doch zurück, und sie übten sich im Feiern. Sie tanzten und sangen, gingen mit Holzpfählen von Haus zu Haus, klopften an alle Türen und verkündeten die frohe Botschaft: »Die Sonne ist zurück!« Jeder musste ihnen dafür Geld, Brot und Schnaps geben. Sich dumm stellen – »Ach wirklich?«, oder »Danke, ich wurde schon unterrichtet« – ging nicht. Die Sitten waren hart. Also war es für die Männer die beste Lösung als Erster mit einem Holzpfahl auf die Straße zu gehen.

Die Christianisierung Russlands hat nicht viel an diesen Gebräuchen geändert. In ländlichen Gegenden ziehen die Bewohner auch heute noch von Haus zu Haus, klopfen an alle Türen, rufen: »Kommt raus, Jesus wurde geboren!« Die Nachbarn kommen ihnen entgegen, um auf des Heilands Wohl zu trinken, dann ziehen die Männer zusammen weiter. Die Mädchen bleiben beim Wahrsagen.

»Stell ein Wasserglas, einen Spiegel und eine Kerze auf den Tisch. Schau durch das Wasser auf die Kerze in den Spiegel. Nach einer Stunde wirst du einen Ring erblicken. Ist es ein Ring aus Kupfer, kommst du in eine arme Familie. Ein Silberring bedeutet: ein guter Kerl. Ein Ring mit Stein: Du wirst einen wohlhabenden Mann treffen. Siehst du aber einen Goldring, heiratest du einen Manager.«

1918 stieg Russland zusammen mit dem Rest der Welt auf einen neuen fortschrittlichen Kalender um, weil die Wissenschaftler herausgefunden hatten, dass ein Jahr länger als 365 Tage dauert. Die russische orthodoxe Kirche weigerte sich jedoch, diesen neuen Kalender anzuerkennen. Seitdem gibt es in Russland alle religiösen Feiertage doppelt. Den Russen ist es nur recht. Am 31. Dezember wird das Neujahrsfest nach dem neuen Kalender gefeiert, am 6. Januar Weihnachten nach dem alten Kalender und am 13. Januar das Neujahrsfest auch nach dem alten Kalender. Früher, im Sozialismus, wurden die Leute in den kurzen Pausen zwischen den Feiertagen gezwungen, zur Arbeit zu gehen. Vor einiger Zeit hat das russische Parlament endlich mit dieser unmenschlichen Praxis Schluss gemacht. Es wurde ein neues Gesetz bezüglich der sogenannten »Weihnachtsferien« verabschiedet. Danach werden alle Bürger für die zwei ersten Januarwochen von der Arbeit freigestellt. Vielleicht gestalten sich die Vorbereitungen auf die Winterfeste deswegen seither besonders üppig. Moskauer Zeitungen berichten, dass sich ganze Armeen von Weihnachtsmännern zum Angriff auf die Stadt vorbereiten und fast in jedem Bezirk Schlittenrennen angekündigt sind.

Wir feiern in Berlin gemischt, russisch-deutsch, zusammen mit unseren Nachbarn, einer kaputten Pyramide vom letzten Jahr und dem vietnamesischen Leucht-Jesus. Dabei verfallen wir alle kurz vor Weihnachten in einen Wahrsage- und Aberglaubenwahn ungeahnten Ausmaßes.

Denn Wahrsagen beruhigt. In einer russischen Zeitung habe ich einmal eine unkonventionelle Wahrsagemethode entdeckt, die wir bei Gelegenheit unbedingt ausprobieren müssen. Sie heißt »Frag die Katze« und ist nicht besonders aufwendig:

»Am Heiligen Abend rufen Sie Ihre Katze. Wenn sie die Schwelle des Zimmers mit der linken Pfote betritt, werden all Ihre Wünsche in Erfüllung gehen, wenn sie aber mit der rechten zuerst eintritt, dann ...«

Wir bereiten das jetzt schon vor und dressieren die Katze. Wenn sie es am 24. Dezember nicht schafft, dann kann sie es am 6. Januar noch einmal versuchen. Im Moment sitzt sie gerade auf der Schwelle zwischen den Zimmern. Ihre Pfoten sind nicht zu sehen, sie sitzt nur da wie eine Fellkugel und schnurrt leise vor sich hin.

Karl Marx und seine Leser

Mein Freund Sergej hat eine neue Lieblingsbeschäftigung für sich entdeckt. Er kauft alte Bücher bei eBay, signiert sie und lässt sie wieder versteigern. Auf meine Frage, was es Neues gäbe, zeigte er mir stolz drei neu erworbene Bände auf seinem Tisch: *Das Kapital* von Karl Marx, die Ausgabe von 1881. Auf dem ersten Blatt der Trilogie stand in Handschrift: »Viel Spaß beim Lesen, mein Mäuschen. Dein Marx.«

»Ein einmaliger Fang!«, meinte Sergej. »Die einzige signierte Marx-Ausgabe!«

Karl Marx persönlich hat nach Sergejs Überzeugung diese Erstausgabe seiner lieben Frau geschenkt, nachdem sie ihn gefragt hatte, was er denn da die ganze Zeit in der Bibliothek getrieben habe. Ich musste sehr darüber lachen, vor allem wegen der kindlichen Handschrift

»Das wird dir kein Mensch abkaufen, man sieht doch, dass du es selbst gerade eben...«

»Stimmt nicht!«, entgegnete mein Freund. »Die anderen Bücher – ja, vielleicht, manchmal, aber dieses eine Mal ist alles echt. Außerdem will ich das Buch gar nicht verkaufen. Ich wollte schon immer wissen, was sich hinter diesem Titel verbirgt. Früher in der Sowjetunion hatten wir keine Zeit, uns mit Marx zu beschäftigen. Du erinnerst dich doch an die 24-bändige Ausgabe?«, fragte er.

»Nein, gar nicht«, schüttelte ich den Kopf. Ich erinnerte mich nur an die erste sowjetische Fernsehserie, die pünktlich zum hundertsten Todestag des Führers des Weltproletariats ausgestrahlt wurde. Sie heißt *Karl Marx: Die Jugendjahre, Reife*. Seine jungen Jahre wirkten unpolitisch, eine Art »Gute Zeiten – Schlechte Zeiten« nur mit Marx in der Hauptrolle. Die Reife war langweilig. Die 24-bändige sowjetische Ausgabe von Marx ist an mir gänzlich vorbeigegangen. Wahrscheinlich lag es daran, dass ich damals noch nicht geraucht habe. Denn politische Literatur hat der sowjetische Staat immer sehr günstig an die Bevölkerung abgegeben, oft sogar pflichtverschenkt. Die Bücher waren immer auf gutem dünnem Papier gedruckt, das Zigarettenpapier sehr ähnlich war. Daher vermute ich, dass Marx in Russland mehr inhaliert als gelesen wurde.

In den Ländern des Ostblocks fanden seine Bücher unterschiedliche, oft sehr unkonventionelle Verwendung. In Bulgarien, das weiß ich aus zuverlässigen Quellen, musste der Staatsverlag *Das Kapital* jedes Jahr in ständig wachsender Auflage nachdrucken. Anfangs freuten sich die Parteifunktionäre über diese rasche Verbreitung des Marxismus unter den bulgarischen Massen. Nach einigen Jahren wurde der Staat jedoch misstrauisch und stellte eine Untersuchung an. Die steigende Nachfrage des Werks klärte sich bald auf. *Das Kapital* wurde in Bulgarien in einem wertvollen Lederumschlag herausgegeben. Die begeisterten Leser enthäuteten die Bände und nähten aus dem Umschlag Handschuhe und Frauentaschen.

Solche Pannen waren in Bulgarien keine Seltenheit. Zur gleichen Zeit, als die meisten Bulgaren in Lederhandschuhen herumliefen, bestellte eine japanische Firma eine große Ladung bulgarischer Radioempfänger, die mit veralteter Technologie produziert wurden und mit japanischen Geräten nicht zu vergleichen waren. »Von Marx lernen, heißt den Kapitalisten misstrauen«, dachten sich die bulgarischen Genossen und schickten erst einmal eine kleinere Ladung. Ihre schlimmsten Befürchtungen wurden bestätigt: Die pfiffigen Japaner hatten es auf die Holzummantelung abgesehen. Die bulgarische Elektronik im Inneren schmissen sie skrupellos weg, und aus den Kästen bauten sie wertvolle Truhen und Nachttischchen.

Die Ungarn waren da schon klüger. Sie produzierten *Das Kapital* gleich als Hörbuch auf sechs Kassetten. Auf diesen las ein Schauspieler mit erotischer Stimme den gesamten Text vor. Man munkelte, er hätte dafür die höchste Auszeichnung, »Held der Arbeit«, bekommen und sei später verrückt geworden. Besonders populär waren diese Kassetten bei den sowjetischen Touristen, weil sie so billig waren. Sie überspielten *Das Kapital* mit Musik aus dem kapitalistischen Lager.

Ein wahrlich tragisches Schicksal hatte das Werk von Karl Marx in der Mongolei. Im Auftrag der mongolischen Regierung übersetzte ein Wissenschaftler das Buch nicht weniger als zwanzig Jahre lang in seine Heimatsprache. Es war eine höllisch komplizierte Arbeit, weil die meisten Begriffe aus Marx' Vokabular in der mongolischen Sprache gar nicht existierten. Nicht einmal solch relativ einfache Worte wie »Arbeiter« oder »Bauer« waren vorhanden. Also musste der Wissenschaftler eine neue marxistisch orientierte mongolische Sprache erfinden, die jedem einfachen Viehzüchter den Einstieg in die Politökonomie ermöglichte. Aus dem »Bauer« wurde der »Erdmelker«, aus dem Arbeiter der »Maschinenhirt«. Der Wissenschaftler erhoffte sich durch diese aufwendige Arbeit große Ehren, mindestens aber ein Denkmal zu Lebzeiten und eine großzügige Frührente. Doch als er mit dem Werk fertig war, kippte der Sozialismus, und die Nachfrage für marxistische Literatur ging in den Keller. Der Übersetzer sah sein Lebenswerk zerstört, ihn plagten große finanzielle Probleme und eine tiefe Depression. Als vielleicht einziger Mongole, der den ganzen Marx auf mongolisch verdaut hatte, wusste er zu gut über die kommende Zeit Bescheid. Der Wissenschaftler dachte über Selbstmord nach. Die Geschichte nahm aber ein gutes Ende: Der mäzenatische Kapitalist George Soros sprang für die mongolische *Kapital*-Übersetzung ein und veröffentlichte sie in einer volksnahen Ausgabe – auf sehr dünnem Papier und in einem feinen Ledereinband.

Ein Toast auf Joyce

»Komm, lass es uns noch ein letztes Mal probieren! Ich habe eine ganz tolle Idee, diesmal wird es klappen.«

Mein Nachbar Andrej, sonst eigentlich ein ruhiger und zurückhaltender Mensch, liebt es, sich selbst hohe Ziele zu setzen und andere in seine hoffnungslosen Projekte mit hineinzuziehen. Aber nur, wenn sie ihm widersprechen – dann plötzlich wird er hyperaktiv bis zur Unerträglichkeit. Sein neuestes Projekt hieß, den *Ulysses* von James Joyce durchzulesen. Unser gemeinsamer letzter Versuch lag genau ein Jahr zurück – ein kleines Jubiläum. Damals scheiterten wir ruhmlos bereits am ersten Drittel des Buches, obwohl Andrej tolle Ideen zur Bezwingung des Textes hatte.

»Das Problem liegt darin«, sinnierte er, »dass man über den Anfang nicht hinauskommt.«

Sein ganz persönliches Einknicken lag auf Seite 71, meines in der Nähe. Also schlug er vor, das Buch von beiden Enden gleichzeitig zu lesen, vom Anfang und vom Ende.

»Das erlaubt dem Leser, mit Spannung zu verfolgen, wie zwei langweilige Geschichten sich genau in der Mitte des Buches treffen«, meinte er.

Um seine These zu beweisen, stellte Andrej komplizierte logische Paradoxa auf: »Langeweile erzeugt Spannung« behauptete er beispielsweise oder: »Zwei Parallelen kreuzen sich im Unendlichen.« Das hörte sich klug an, hat uns aber im Endeffekt nichts genutzt. Auf mich übte dieser Text eine hypnotische Wirkung aus. Er rief Assoziationen hervor, die nichts mit dem Buch zu tun hatten. Meine Gedanken schweiften ab. »Ein interessanter Mensch«, dachte ich über den Autor. Auf dem Photo im Buch, erinnerte mich Joyce mit seinen runden Brillengläsern und dem hinterhältigen Lächeln an einen verrückten Professor aus meiner Studienzeit, Arkadij Schnur, der für das Fach Allgemeine Physik zuständig war und unverständliche Vorlesungen hielt, die aber sehr beliebt waren.

Professor Schnur verachtete die Allgemeine Physik, er war deutlich von diesem Fach unterfordert. Uns war bald klar, dass Professor Schnur ein Genie war, Träger einer höheren Wahrheit, die sich uns niemals erschließen würde. Genau das faszinierte uns an seinen Vorlesungen. Vor Beginn saß er neben der Tafel und lächelte jeden, der hereinkam, hämisch an. Dazu machte er als etwas seltsame Begrüßungsgeste eine herablassende Handbewegung, mit der er uns sagen wollte: »Ach, du auch? Vergiss es, keine Chance!« Schnur trug einen schwarzen Anzug, der deutlich älter war als die Große Oktoberrevolution, seine Brille war mit Klebeband zusammengehalten, und seine Frisur ließ vermuten, dass er am Abend mit dem Kopf am Ventilator eingeschlafen war. Dazu kamen eine ständig offene Hose und ein Jackett mit großen Löchern unter den Achseln, wobei die eine Seite mit weißen Fäden zugenäht war.

Schnur fing stets ruhig an. Er sagte: »Guten Tag« und »heute also«, doch schon nach einer Minute sprang er mit der Kreide in der Hand im Hörsaal hin und her und schleuderte Sätze durch die Luft, die uns in eine Art Trancezustand versetzten. Die mit der einen Hand an die Tafel geschriebenen Formeln wischte er mit der anderen sofort wieder ab, sodass niemand von uns eine Chance hatte, sich diese Signale aus der fremden Welt der Physik zu notieren.

Mit der Abwischhand kratzte er sich auch die Nase, fuhr sich in die Haare und durchs Gesicht und verwandelte sich dabei in einen weißen Clown, der ständig von einer Kreidewolke umhüllt war. Außerdem hatte Schnur die Angewohnheit, während der Vorlesung an seiner Hose zu ziehen. Mal zog er sie hoch bis unter die Arme, mal kuckte sein halber Hintern hervor, wenn er sich umdrehte. »Zeit ist Jetzt!«, rief er dabei und »Raum ist Masse!« Wie hypnotisiert starrten wir auf den Professor: eine Ansammlung von Analphabeten, die sich anstrengten, einen Zipfel der Weisheit zu erhaschen. Manchmal lachte er laut, woraus wir messerscharf schlossen, dass er gerade einen Witz gemacht hatte.

»Wie ihr seht, ist es im Grunde sehr einfach«, sagte er immer zum Schluss wie zum Hohn.

Nach anderthalb Stunden war die Show vorbei. Der weiße Clown verließ blitzartig den Saal, wir blieben wie versteinert sitzen. Die Streber aus der ersten Reihe schauten einander verwirrt an: Was hat er bloß erzählt?

»Das Was spielt keine Rolle«, reagierte die hintere Bank, »aber wie er es gemacht hat! Das war einfach geil!«

Seitdem sind zwanzig Jahre vergangen. Ich habe noch immer keinen blassen Schimmer von Allgemeiner Physik, aber großen Respekt vor ihr. Ich weiß, dass sie kein Hirngespinst ist. Nein, sie existiert wirklich, diese wunderbare in sich abgeschlossene Welt, zu der es für mich keinen Zugang gibt.

So ähnlich geht es mir auch mit dem Roman von Joyce: Die Welt von Bloom existiert tatsächlich und ist alles andere als langweilig, sie zeigt sich nur nicht jedem. Die neue Idee meines Nachbarn zur Erstbesteigung des *Ulysses* hieß diesmal: »Kollektives lautes Lesen«.

»Ich habe noch zwei Freiwillige gefunden, die bereit wären mitzumachen«, erzählte er. »Und ich habe alles schon durchgerechnet: zehn Sitzungen zu je zwei Stunden, mit Cognac und Zigarren zur Entspannung. Wenn einer merkt, dass die Aufmerksamkeit nachlässt, muss ein anderer übernehmen«, erklärte Andrej mir.

Ich verzichtete. Es war mir zu künstlich. Das Buch hat jedoch einen Ehrenplatz in meinem Bücherregal, immer in Sichtweite. Ich möchte mir die *Ulysses*-Option offenhalten. Nicht auszuschließen, dass ich es irgendwann einmal ganz plötzlich, quasi über Nacht, schaffe und alles Joyce'sche auf einmal begreife. Denn Zeit ist Jetzt, Raum ist Masse, und darauf trinken wir einen.

Das Parfüm

Meine Familie ist gut parfümiert. Fast alle neuen Kosmetikprodukte, die auf den Markt kommen, landen über kurz oder lang in unserem Badezimmer. Das hat seinen Grund. Die beste Freundin meiner Frau arbeitet in einem Parfümgeschäft, in einer Douglas-Filiale gleich um die Ecke. Sie heißt wie meine Frau – Olga – und beschenkt uns kiloweise mit Proben von neuen Waren, liebevoll »Pröbchen« genannt. In ihrer Heimat, der aserbaidschanischen Hauptstadt Baku, hatte Kosmetik-Olga eine Ausbildung als Ballerina gemacht, später einen Deutschen geheiratet und war dann nach Berlin übergesiedelt. Hier hatte sie Schwierigkeiten, sich beim Arbeitsamt als Ballerina anzumelden. Die meisten deutschen Arbeitslosen hatten bodenständigere Berufe.

In der Sowjetunion wurden die Bürger nicht nach Bedarf ausgebildet, sondern nach ideologischen Maßgaben. Auf diese Weise entstanden zahlreiche völlig überflüssige Berufsgruppen, nur um dem Rest der Welt unsere geistige Überlegenheit zu demonstrieren: Kosmonauten, Akrobaten, Politökonomen, Ballerinas. Meine Mutter studierte Festigkeitslehre, meine Frau Quantenchemie. Alles Berufe, die auf dem freien Markt sehr schlecht vermittelbar sind. Meine Frau hat dann in Berlin in einer Kneipe eine neue Karriere als Tresenkraft angefangen. Kosmetik-Olga bekam als Ballerina eine halbe befristete Stelle, als Schwangerschaftsvertretung bei Douglas angeboten. Dabei entdeckte sie zwar ihre Berufung, musste aber nach sechs Monaten wieder gehen. Nach einem Jahr riefen die Douglas-Kollegen sie jedoch an und fragten, ob sie nicht Lust auf eine volle Stelle hätte? Die Filiale wurde vergrößert, neue Mitarbeiter wurden gesucht. Seitdem ist unsere Kosmetik-Olga völlig in der Welt der Düfte versunken. Die Douglas-Filiale ist ihr wahres Zuhause. Ich glaube, meine Frau hätte dort auch gerne eine Stelle, denn eigentlich machen die Mitarbeiterinnen von Parfümgeschäften nichts anderes als das, was die meisten Frauen in ihrer Freizeit ohnehin tun: Sie tauschen sich über

Parfüm, Frisuren und Klamotten aus. Nur dass sich das in einem Parfümgeschäft »kompetente Beratung« nennt. Meine Frau könnte dort mit ihren Kenntnissen in Quantenchemie bestimmt punkten.

Die meisten Kunden, die unsere Olga in der Filiale besuchen, sind ihre Landsfrauen. Russinnen parfümieren sich unglaublich gerne. So hat sich über Jahre ein besonderer Kundenstamm aufgebaut und bestimmte Produkte werden an mir ausprobiert. Anfangs wehrte ich mich dagegen, ich hasste Parfüm und pochte auf meine inneren Werte, gab jedoch mit der Zeit meinen Widerstand auf. Die beiden Olgas wollen demnächst sogar ihren eigenen Duft herausbringen: ein »Russendisko-Parfüm«. Ich bin gespannt.

Es lässt sich gut nachvollziehen, warum diese westliche Parfümwelt die Frauen aus dem Osten so stark anzieht. Unsere Heimat roch anders. Das sowjetische Parfümsortiment war karg, es bestand aus fünf Hauptsorten. Sie hießen *Rotes Moskau*, *Schipr*, *Nelke*, *Der Dreifache* und, nicht zu vergessen, das begehrte *Russischer Wald*. Die Parfüms leuchteten grün, halfen gut gegen Mückenstiche und taugten auch zur Insektenabwehr. Aber riechen taten sie alle gleich, nämlich wie ein handelsüblicher Toilettenluftreiniger: eine Mischung aus Tannenbaum, Maiglöckchen und Flieder. Trotzdem hatte jede Marke ihre eigene Zielgruppe. *Rotes Moskau* zum Beispiel hatte einen ausgefallenen Behälter in Form eines Kremlturms, war teurer als die anderen und als Geburtstagsgeschenk für ältere Leute gut geeignet. Wenn jemand in den Ruhestand ging, bekam er eine Flasche davon von seinen Kollegen mit auf den Weg. *Die Nelke* benutzte man hauptsächlich gegen Mücken oder auch zum Inhalieren, denn es half bei der Heilung leichter Erkältungen.

Der Dreifache und *Russischer Wald* tranken die besonders Durstigen, wenn es nichts anderes Alkoholisches gab. Diese Parfüms waren die preiswertesten und die hochprozentigsten. Geschmacklich stellten sie allerdings sogar für erfahrene Alkoholiker eine ungeheure Zumutung dar. Es war kaum möglich, das Zeug nach dem Schlucken im Magen zu behalten. Deswegen aß man zuerst ein paar Stückchen Raffinade-Zucker, die mit *Russischer Wald* getränkt waren, um den Organismus langsam an die ungewöhnliche Geschmacksnote zu gewöhnen.

Schipr wurde als Aftershave interpretiert. Es war die älteste Parfümmarke und noch vor dem Krieg produziert worden. In gewisser Weise war es der Duft des Sieges. Die Offiziere, die den Krieg überlebt hatten und nach Hause zurückgekommen waren, rochen alle nach *Schipr*. Wahrscheinlich deswegen hatte dieses Parfüm eine Nebenwirkung: *Schipr* wirkte erotisch anregend auf Frauen älteren Semesters. Manche Studenten nutzten das, um Prüfungen in den Fächern zu bestehen, in denen sie sonst sicher durchgefallen wären. So hatte mein Freund und Nachbar Sergej eine für ihn wichtige Prüfung in Psychologie bestanden. Die Vorsitzende der Prüfungskommission war eine Frau wie aus Stahl, die keinen Spaß verstand. Gegenüber Studenten ohne tiefere Kenntnisse in Psychologie war sie geradezu erbarmungslos. Aber sie hatte eine Schwäche für *Schipr*, das machte sie an, so erzählten sich jedenfalls die Studenten. Am Tag der Prüfung übergoss sich Sergej, der keine Ahnung von Psychologie hatte, förmlich mit dem Zeug.

»*Schipr*?«, fragte ihn die Prüferin und schloss für eine Sekunde die Augen.

»Mein Lieblingsparfüm«, nickte Sergej bescheiden.

»Sie haben einen ausgezeichneten Geschmack, junger Mann!«, sagte die Psychologin, »Ziehen Sie eine Karte.«

Sergej bekam eine Drei plus – dank *Schipr*.

Im Alltag der Männer spielten Parfüms abgesehen von wenigen Ausnahmen kaum eine Rolle. Frauen konnten sich mit der kargen Auswahl natürlich nicht zufriedengeben. Die Düfte des Westens zogen sie an. Westliches Parfüm gab es bei uns zwar auch, aber nur an schwer erreichbaren Stellen: auf dem Schwarzmarkt, in den wenigen Dollarläden und im H/N, dem sogenannten »Haus für Neuvermählte«. Dort konnte jeder, der im Besitz eines Brautscheins war, einen einmaligen Einkauf tätigen – ein Fläschchen *Aramis*, *Vanderbilt* oder *Climat* von Lancôme sowie das sehr populäre polnische Parfüm mit dem vielversprechenden Namen *Vielleicht*. Man musste allerdings gleich danach heiraten. Ein solch dramatischer Zustand konnte natürlich auf Dauer nicht gutgehen. Deswegen sind viele Bräute in den Westen ausgewandert. Die Bräutigame zogen wenig später nach.

Natürliche Bevölkerungsentwicklung

Wenn ich das Verhalten meiner russischen Nachbarn mit dem Verhalten der deutschen vergleiche, sehe ich deutliche Unterschiede. Besonders was die Lebensplanung betrifft. Russen planen ihr Leben sehr kurzfristig, Deutsche machen sich mehr Gedanken um die Zukunft, als um die Gegenwart. Das bremst sie in ihrer natürlichen Entwicklung. Langfristige Planung ist zwar unverzichtbar für einen Schachspieler, der alle Züge des Gegners vorausberechnen muss, um zu gewinnen. Im Leben geht eine solche Rechnung aber nicht auf. Jeder, der von sich behauptet, er wisse, was in zwanzig Jahren passiert, ist ein Lügner.

In Russland hat eine solche defensive Lebenshaltung kaum Anhänger. Die Menschen dort halten nicht viel von langfristiger Lebensplanung und versuchen aus dem aktuellen Geschehen herauszuholen, was geht. Für Fragen, wie es ihnen in zwanzig Jahren gehen wird, haben sie keine Zeit. Auch ist Versicherung in Russland ein Fremdwort geblieben. Keiner wird dort für etwas Geld ausgeben, was möglicherweise irgendwann einmal passieren könnte – oder auch nicht. Die Deutschen dagegen gehören zu den bestversicherten Mitgliedern der menschlichen Gesellschaft. Zur üblichen Lebensgrundlage jedes anständigen Bürgers gehören wenigstens ein Dutzend Versicherungen: eine soziale, eine Kranken-, eine Renten-, Pflege- und Lebensversicherung sowie eine Unfallversicherung, eine Reiseversicherung, eine Rechtsschutz-, eine Kfz-, eine Hausratversicherung und eine für den Fall, dass man auf die Idee kommt, sich einmal in einem Porzellanladen wie ein Elefant aufzuführen. Das alles gilt als absolutes Minimum an Sicherheit und der Inhaber der oben aufgezählten Policen kann bei seinen Freunden durchaus als wagemutig und risikobereit durchgehen.

Ein solcher Versicherungswahn hat Geschichte. Als ich, damals ein frischgebackener Flüchtling, vor fünfzehn Jahren nach einer langen abenteuerlichen

Reise in einem Berliner Ausländerheim landete, besuchten uns als Erstes nicht die Zeugen Jehovas, sondern Versicherungsvertreter. Sie erklärten uns in leicht verständlicher Fingersprache, was wir als Erstes bräuchten, um in Deutschland bleiben zu können. Dieses kindische Streben nach einer Vollkaskoabsicherung fürs Leben ist menschlich durchaus verständlich, verhindert aber die Bevölkerungsentwicklung. Denn jede Entwicklung kann in einem rundum abgesicherten Leben nur Verschlechterung bedeuten. Das Kinderkriegen ist ein Zusatzrisiko, und das Sterben macht eine Entgegennahme der Versicherungsprämie unmöglich. Deswegen sterben die Bürger in einer überversicherten Gesellschaft äußerst ungern, mit großer Verzögerung oder gar nicht. Und wenn sie doch sterben, dann verwesen sie nicht.

Dieses Phänomen haben wir den großen Supermarktketten zu verdanken. Diese fingen vor dreißig Jahren an, immer größere Verkaufsflächen zu nutzen, um mehr und preiswerter verkaufen zu können. Um sich vor dem Verfall ihrer Produkte abzusichern, setzten sie auf Lebensmittel mit einem hohen Anteil an Konservierungsstoffen. Letztere hatten keine direkte schädliche Wirkung auf den Organismus der Verbraucher, ließen sich dort aber nieder und mumifizierten die Bevölkerung in einem Jahrzehnte währenden Prozess. Das Ergebnis ist, dass Bürger, die bereits seit zehn oder mehr Jahren tot sind, noch immer so frisch aussehen wie die Tomaten im Supermarkt oder Lenin in seinem Mausoleum. Ihre Versicherungsprämie bekommen sie trotzdem nicht.

»Die Bürger wollen Klarheit und Sicherheit!«, hört man hier ständig von den Rednerbühnen. Damit unterstützen die Politiker den Pragmatismus der Bevölkerung. Die Bürger reagieren darauf, indem sie ihre eigene Existenz als eine Art Rechnung begreifen, die dem Staat zu stellen ist. Auf ihr ist links die erbrachte Leistung eingetragen, rechts der dafür zu erwartende Betrag mit ausgewiesener MwSt., Sonntagszuschlag und Pendlerpauschale. Wenn man lange genug hin- und hergependelt ist, will man die Kasse klingeln hören. Doch die Kasse schweigt, die Zukunft bleibt ungewiss, unabhängig vom Willen der Bürger. Das macht die Gemüter unfroh.

Neulich fand ich eine Bestätigung dieser These in einem Museum in Süddeutschland. Die Ausstellung hieß *Dokumente*. Ich möchte ausdrücklich betonen: Ich erfinde nichts, ich war tatsächlich da. »Die Rechnung – das älteste Kulturgut der menschlichen Geschichte« stand im Prospekt. Ausgestellt waren Holzrechnungen aus dem Teutoburger Wald, die unglaublich kompliziert aussahen. Mich hat diese Ausstellung zum Lachen gebracht. Denn bei allem Respekt vor Pragmatismus – freie Sexualität und Freiheit überhaupt sind mit einer Hausratversicherung nicht zu vereinbaren. Das Leben bleibt immer ein Risiko, die Rechnung geht nie auf.

Die Qual der Wahl

Vor einiger Zeit standen in Berlin mal wieder Wahlen an. Meine russischen Nachbarn juckte das in keiner Weise: Sie hatten keine deutsche Staatsangehörigkeit. Die Fischköpfe auf den Wahlplakaten, die regelmäßig an den Kastanienbäumen unseres Bezirks aufgehängt wurden, lächelten nicht ihnen zu. Ich war der einzige Russe im Haus, der wählen durfte – abgesehen von meiner Frau, die sich aber für Politik nicht interessiert. Und ich war verzweifelt, denn ich wusste nicht, wen ich wählen sollte und wie. Als Wähler war ich nämlich Jungfrau. Ich hatte noch nie im Leben gewählt. In der Sowjetunion waren meine Eltern jedes Jahr wählen gegangen und zwar immer um

6.30 Uhr morgens. Politisch gesehen war das sinnlos, es gab nämlich nur einen Kandidaten. Dafür aber konnte man in den Wahllokalen Sprotten, Wurst und Apfelsinen, zu lächerlichen Preisen erwerben. In der Regel waren diese begehrten Lebensmittel schon vormittags vergriffen, und nach zwölf Uhr standen die Wahllokale leer. Die Staatslenker hatten auf diese Weise alle Stimmen bis Mittag bereits gezählt und die Wahl wie immer gewonnen. Ich boykottierte diesen Schwachsinn, außerdem schmeckten mir die lettischen Sprotten nicht.

Später in Deutschland durfte ich lange Zeit gar nicht wählen. Fünfzehn Jahre lang besaß ich einen von der deutschen Ausländerbehörde ausgestellten »Alienpass«. Ich war staatenlos – nichts ging mich an. Seit einer Weile bin ich deutscher Staatsbürger, und verlor schließlich in der Grundschule Nummer 11, im Klassenzimmer meines Sohnes mit 38 Jahren meine Wähler-Jungfräulichkeit. Auch meine Frau, meine Mutter und meine Tante, die in Kreuzberg wohnte, haben dort zum ersten Mal gewählt. Ich war froh, als es vorbei war. Ich hatte den Wahlkampf von Anfang an als Bedrohung aufgefasst. Ein massiver Angriff der politischen Elite auf die Bevölkerung. Zuerst bekam der Osten einen Tritt in den Hintern, zusammen mit der Erkenntnis, dass er möglicherweise an den falschen Stellen saniert wurde. Der Norden haute auf den Süden ein und umgekehrt.

Nun gut, die Menschen mögen sich tatsächlich in ihrer Mentalität unterscheiden. Ein Bekannter, der lange Zeit als Reiseleiter für deutsche Touristengruppen in Ägypten gearbeitet hat, erzählte, wie unterschiedlich sich die Deutschen im Ausland benehmen: Jedes Mal wenn er mit Bayern oder Schwaben unterwegs war, machten sie schon am zweiten Tag jede Menge Verbesserungsvorschläge für Kairo. Sie entwickelten sofort Pläne, wie man dort zusätzliche Pyramiden errichten und alles sauber machen sowie des Verkehrschaos Herr werden könnte. Ein Jahr an Bayern angeschlossen und Ägypten wäre wahrscheinlich nicht wiederzuerkennen. Die Norddeutschen hatten dagegen schon nach zwei Tagen keine Lust mehr auf Reformgequatsche. Sie verließen das Hotel nur noch, wenn dringender Bedarf bestand und nahmen ansonsten Ägypten mit all seinen landestypischen Macken so wie es war. Die Ostdeutschen haben es heute schwer, nach vierzig Jahren sozialistischer Diktatur Eigeninitiative zu entwickeln. So etwas wurde früher vom Staat als strafbar eingestuft, und die Westdeutschen haben Angst vor der völligen Verarmung.

Politiker säen nur noch mehr Zwietracht zwischen den Menschen, statt sie einander näherzubringen. In ihren Reden bekämpfen sie die Arbeitslosigkeit und wettern gegen Fremdarbeiter, die den Deutschen ihre Arbeitsplätze rauben. Dabei müssen sie selbst keine Angst vor Fremdarbeitern haben, sie halten sich für unersetzbar. So bleibt die Politik in Deutschland nach wie vor der einzige Bereich, der gegen die Globalisierung immun ist. Wie schön wäre es, wenn man den Regierungsauftrag für Deutschland in der internationalen Fachpresse ausschreiben könnte:

»Mitteleuropäisches Land sucht fitte Profis (keine Klatsch-Luschen!) zum Regieren. Alter und Geschlecht spielen keine Rolle. Bitte schicken Sie Ihre Bewerbungsunterlagen an: Bundestag, Berlin, Germany.«

Die Bewerbungsgespräche könnten die volksnahen Fernsehmoderatoren Christiansen, Raab, Schmidt und Maischberger übernehmen. Sie sollten aber streng nach den üblichen Regeln ablaufen.

»Was haben Sie früher regiert? Wie sind Ihre Gehaltsvorstellungen, und wo sehen Sie sich in fünf Jahren?«

»Ich war zwei Legislaturperioden als Verteidigungsminister in Südamerika tätig und leitete die Große Koalition auf Madagaskar. Nun möchte ich mich der Herausforderung stellen, in einem industriellen Land die Finanzpolitik zu übernehmen.«

Das Volk wird das nötige Geld zusammenlegen

und den einen oder anderen einstellen. Bestimmt wird sich ein so gekaufter Bundeskanzler viel mehr Mühe geben als ein herkömmlicher. Es können auch zehn Vietnamesen oder fünf Polen sein, die den Job zusammen erledigen, preiswert und effizient. Niemand wird sich ihre Namen merken können, die Politik wird aus dem Fernsehen zurück in die Amtsstuben kehren.

Noch besser wäre die Mehrstaatlichkeit in Deutschland. Das ist meine persönliche politische Vision. Sie würde bedeuten, dass alle Kandidaten ihren eigenen Staat auf dem freiem Markt anbieten, wie es zum Beispiel die Telefongesellschaften mit ihren DSL-Angeboten längst machen. Auch Politiker würden ihre Kunden in harter Konkurrenz erkämpfen müssen. Und wenn sie klug genug sind, werden sie ihren Staaten nicht solche uninspirierten Kürzel wie »BRD« oder »DDR« geben, sondern hübsche Frauennamen. Dann wird man auf Wahlkampfplakaten lesen können: »Der Staat *Alice* mit Schwerpunkt Ökologie, Bildung und Kultur! Dafür ohne Grenzschutz und ohne Armee, für nur 4,99 Euro im Monat!«

Ich warte auf den Staat *Alice*. Ich glaube fest, dass er kommt.

Hunde

Andrej hat anscheinend einen Weg in eine erfüllte Zweisamkeit gefunden. Er will sich nun einen großen Hund anschaffen und mit ihm eine Mensch-Tier-Gemeinschaft gründen. Ich bezeichnete sein Vorhaben als die berühmte »Berliner Lösung«: Jeder zweite wohnt in unserer Gegend mit einem großen Hund zusammen, der ihm die Eltern, die Kinder und die Frau gleichermaßen ersetzt. Der Hund ist eine preiswerte Familienalternative. In unserer Heimat waren die Hunde ein Luxus. Es waren überwiegend exotische Tiere, die genau wie ein Auto, ein Pelzmantel oder eine ausländische Möbelgarnitur etwas über den Wohlstand der Familie verrieten. Nicht jeder konnte sich einen so teuren Spaß erlauben. Aber wenn, dann musste es schon ein ganz besonderer Hund sein.

Meine Moskauer Nachbarn aus dem ersten Stock gehörten zu diesen Leuten, die sich für etwas Besonderes hielten. Beide waren Biochemiker, und man munkelte, sie hätten etwas Wichtiges erfunden. Ihr Sohn spielte nicht mit den anderen Jungs auf dem Hof und ging nicht wie alle anderen in die Schule N 701, sondern in ein englisches Internat am anderen Ende der Stadt, wo er unter anderem Schach spielen lernte. Diese Kleinfamilie also kaufte sich 1981 auf dem Schwarzmarkt ein rotes Malteserhündchen, um sich damit von den anderen Hausbewohnern noch deutlicher abzuheben. Als Baby war der Malteser sehr hübsch, und gar nicht rot, sondern nur ein wenig rosig. Er wuchs aber sehr schnell und ungleichmäßig. Nach sechs Monaten hatte er einen Riesenkopf und einen Riesenbauch, aber seine Füße blieben kurz. Er wurde immer dunkler, nur sein Schwanz spielte ins Hellrote.

Eine solche Hundeentwicklung führte dazu, dass der Malteser sich nicht mehr richtig bewegen konnte. Wenn er zum Beispiel die Treppe hinuntermusste, schlug er mit dem Maul auf jeder Stufe auf. Zurück in die Wohnung hinauf kroch er wie eine Schlange. Seine Besitzer mussten ihn ständig hin und her tragen und wurden deswegen von den anderen Hausbewohnern belächelt. Der rote Malteser verschwand eines Tages aus unserem Haus genauso plötzlich, wie er aufgetaucht war. Man nahm an, dass die beiden Wissenschaftler ihn für ihre wissenschaftlichen Zwecke missbraucht hatten.

Auf sowjetischen Leinwänden wurden Hunde zuerst als wirksame Waffe im Kampf gegen die Kriminalität und zum Schutz unserer Staatsgrenze dargestellt. In Dutzenden von Filmen wie *Stille Nacht am Amur* oder *Bei Fuß, Muchtar* spielten übergroße, speziell ausgebildete Deutsche Schäferhunde die Hauptrolle. Sie saßen wochenlang ohne Verpflegung in einem Versteck und ernährten sich ausschließlich von Grenzverletzern, hauptsächlich Japanern, die sie selbst aus großer Entfernung aufspüren und von denen sie nie genug bekommen konnten. Manche Hunde liefen sogar ohne Befehl und auf eigene Gefahr zum Frühstück auf feindliches Territorium, um sich einen Gegner zu schnappen. Ich glaube, dass die japanischen *Godzilla*-Filme damals in einer Überreaktion auf diese Zwischenfälle entstanden sind.

Später kamen die sogenannten Hundeheuler auf die Leinwand: allerlei tragische Geschichten darüber, wie ein Hund von seinem Besitzer verraten wurde, ihm aber trotzdem treu blieb. Eine solche Filmvorführung musste ich einmal als Zwölfjähriger in Tränen aufgelöst frühzeitig verlassen, weil ich es nicht mehr mit ansehen konnte, wie der blöde Hund den ganzen Film über an einer Bushaltestelle saß und auf seinen Besitzer wartete, der schon gleich am Anfang des Films gestorben war. Ich wünschte mir heimlich, dass auch der Hund von dem Bus überfahren werden würde oder der Busfahrer ihn mit zu sich nach Hause nähme oder wenigstens die unangenehme Frau, die die Fahrkarten kontrollierte. Es war aber ein Hundeheuler ohne Happyend. So etwas Unmenschliches war nur im Sozialismus möglich. Der Film hieß *Der weiße Bim mit dem schwarzen Ohr.* Ich werde ihn nie vergessen.

Hier in Berlin, wo jeder Türke mindestens zwei Kinder und jeder Deutsche zwei Hunde hat, sind diese Tiere zu vollwertigen mündigen Bürgern geworden. Sie gehen selbst spazieren oder einkaufen, scheißen überallhin, und ihre Würde ist unantastbar. Hier würde kein Hund ein halbes Leben an der Bushaltestelle verbringen. Wenn sein Besitzer verschwunden wäre, würde der Hund einfach Vermisstenanzeige erstatten. Die meisten Hunde auf der Schönhauser Allee kenne ich seit Jahren, wir sind alte Bekannte. Von meinen Kindern werden sie gar nicht mehr als Tiere wahrgenommen, sondern als eine Art ehrenamtliche Mitarbeiter der Berliner Stadtreinigung, die unsere Straßen im Winter gegen Glatteis schützen. Deswegen sagt mein Sohn auf dem Weg zur Schule immer, wenn er einen besonders großen Hundescheißhaufen sieht: »Gut gemacht, Spiderman.« So heißt eine graue Promenadenmischung mit rotem Halstuch, die unsere Hausfassade besonders graziös bepinkelt.

So einen Spiderman wollte sich Andrej besorgen. Doch das Drehbuch seines Lebens wollte es anders. Statt einem großen Hund zu einem glücklichen Zuhause zu verhelfen, rettete Andrej unerwartet einen Flusskrebs. Und das kam so: Er fuhr nach Friedrichsfelde, um dort einen gerade eröffneten russischen Supermarkt zu besuchen. Die Russen hatten sich dort sehr großzügig eingerichtet. Sie hatte sogar ein Aquarium aufgestellt mit zwei lebendigen Stören darin – einem kleinen und einem großen. Der große war Andrej zu groß, aber den kleinen hätte er gern gebraten. Nein, meinte die Verkäuferin, der sei leider schon von einem Ehepaar vorbestellt worden, die Glücklichen würden jede Minute aufkreuzen. Andrej beschloss zu warten, denn vielleicht kamen die beiden ja nicht oder ließen sich überreden, den Fisch mit ihm zu teilen.

Sie kamen: ein älteres deutsches Ehepaar mit großem rundem Aquarium im Gepäck. Der kleine Stör, der gar nicht so klein war und locker viereinhalb Kilo auf die Waage brachte, wanderte in das runde Ding.

»Soll ich Ihnen ein wenig Eis hineintun?«, fragte die Verkäuferin fürsorglich.

»Wollen Sie ihn nicht mit mir teilen?«, fragte Andrej für alle Fälle.

Die Frau erschrak. »Das kommt gar nicht in Frage!«, antwortete sie aufgeregt.

»Um diesen Fisch richtig zuzubereiten, braucht es ein wenig kulinarisches Knowhow. Ich kann Ihnen ein paar gute Rezepte verraten«, trumpfte Andrej auf. »Was wollen Sie denn machen?«

»Wir wollen gar nichts mit ihm machen«, erwiderte die Frau. »Wir lassen ihn frei!«

Andrej erschrak. »Wie denn – in der Badewanne?«

»Wieso denn in der Badewanne? Wir haben einen kleinen Teich im Garten, dort wird er leben.«

»Bei den Temperaturen wird er in Ihrem Teich keine fünf Minuten überleben!«, log mein Nachbar. Die Frau zeigte sich jedoch gut vorbereitet:

»Stimmt nicht«, sagte sie. »Störe kommen aus Sibirien, sie können noch viel niedrigere Temperaturen aushalten.«

Ihr Mann schwieg die ganze Zeit und zählte sein Geld.

»Na, Dietmar, mindestens ein Leben haben wir jetzt gerettet. Lass uns den großen auch noch mitnehmen!«, meinte die Frau zu ihrem Mann.

»Nein, Liebling, das geht nicht. Das können wir uns nicht leisten. Außerdem passt er nicht ins Aquarium.

»Lassen Sie uns den großen doch teilen!«, mischte Andrej sich ein.

Die beiden kuckten ihn an wie einen Kannibalen und verließen den neuen russischen Supermarkt. Er blieb allein an der Fischtheke zurück und fühlte sich unwohl. Plötzlich hatte er ein schlechtes Gewissen, ohne etwas Unrechtes getan zu haben. Er musste dringend etwas Gutes tun.

»Haben Sie noch irgendwas zu retten?«, fragte Andrej die Fischverkäuferin.

Ja, das hatte sie! Und so rettete er den letzten Krebs, der mit zusammengebundenen Scheren verschüchtert in der Ecke des Aquariums hockte. Dieser Flusskrebs erwies sich als außerordentlich intelligent. Andrej nannte ihn Pawlow zu Ehren des berühmten Wissenschaftlers. Pawlow isst am liebsten Leberwurst und sitzt gerne im Dunkeln. Wenn es ihm in der Duschwanne zu langweilig wird, setzt er sich auch schon mal auf den Rand und sieht Andrej bei der Morgentoilette zu. Der Hund wurde vergessen, der Flusskrebs ist nun Andrejs bester Freund. Im Sommer fahren sie zusammen an den Müggelsee zum Tauchen.

Wer wird Milliardär?

Meine russischen Nachbarn interessieren sich sehr dafür, wie man in Deutschland superreich wird. Wenn man der hiesigen *Forbes*-Liste glauben darf, ist es in jedem Land ein anderer Weg, der zu Reichtum führt. Es hat viel mit der Mentalität und den daraus resultierenden Einkaufgewohnheiten zu tun. Was einen Deutschen reich macht, würde Russen bloß in den Wahnsinn treiben und umgekehrt: Was den Russen bereichert, bringt den Deutschen womöglich um. In Amerika ist die Sache längst klar. Dort kommen alle Milliardäre aus dem Netz. Sie haben ihr Geld im Internet, mit dem Internet oder aus dem Internet verdient. Sie leben im Internet und sind in Wirklichkeit eine Computeranimation. Ihr Reichtum ebenso wie ihre ganze Existenz findet in nicht-realen Räumen statt.

In Deutschland sind die Milliardäre solide. Es sind Menschen, die es geschafft haben, eine Unmenge von billigem Fummel und eine astronomische Anzahl von Würstchen in Riesenkonservendosen unter die Massen zu bringen. Die Reichsten unter den Reichen sind die Gebrüder ALDI, nach der gleichnamigen Lebensmittelladenkette benannt. Sie verkaufen in den größten Kaufhallen die billigsten Lebensmittel, die außerdem noch extrem lange halten. Und wenn man lange genug in diesen Lebensmitteln herumwuselt, findet man immer noch andere Lebensmittel, die noch billiger sind und noch länger halten. Wir hatten einmal einen Lutscher bei den Gebrüdern ALDI gekauft, zwei Wochen lang an ihm gelutscht und ihn dann an die Nachbarn weitergegeben. Sie haben ihn nach drei Monaten aber weggeworfen. Er klebte dann den ganzen Winter an der Mülltonne im Hof fest, ist dabei keinen Zentimeter kleiner geworden – und wer weiß, wie lange die Gebrüder ALDI schon an ihm gelutscht hatten, bevor sie ihn überhaupt an uns verkauften.

Diese Brüder hat keiner jemals so richtig gesehen. Sie sind öffentlichkeitsscheu und kleiden sich unauffällig. Niemand weiß, wie sie aussehen. Jeder

Kunde von ALDI könnte ein ALDI-Bruder sein. Das Geheimnis ihres Erfolgs liegt eindeutig in der hiesigen Mentalität. Die Deutschen legen nämlich unheimlich gerne Vorräte an, weil sie sich ständig Gedanken über die Zukunft machen. Es könnte immer etwas geschehen: Die Erde könnte aufhören sich zu drehen, das Bier könnte ausgehen oder die Würste vergriffen sein. Für einen solchen Fall der Fälle haben alle Deutschen Keller. Sie kaufen auf Vorrat ein, und wenn man ihnen dabei zwei Kisten Bier zum Preis von einer anbietet, sagen sie nicht nein. Diese Schwäche ihrer Landsleute haben die Gebrüder ALDI erkannt und zu ihren Gunsten genutzt. Sie haben mehr Lebensmittel an die Massen verkauft, als die Massen imstande sind aufzuessen. Also haben die Massen den Rest im Keller verbuddelt.

Ich glaube, auch die Gebrüder ALDI haben einen Keller, den größten, den es in Deutschland gibt. Dort lagern sie die Lebensmittel, die sie aus verschiedenen Gründen nicht an die Massen verkauft haben. Und sollte es so weit sein, dass ein Krieg ausbricht oder eine Naturkatastrophe, steigen die Brüder mit dem Rest der Bevölkerung in ihren Keller, machen ein Bier auf und kommen erst wieder an die Oberfläche, wenn das Übel vorbei ist. Allerdings verfallen die meisten Lebensmittel trotz Konservierungsstoffe, wenn zu lange nichts passiert. Dann werden die Deutschen nervös und marschieren für alle Fälle in Afghanistan ein.

Neben den Gebrüdern ALDI gibt es in Deutschland noch weitere 52 Milliardäre. Es sind in erster Linie Versicherungsvertreter sowie Kaffee- und Aspirin-Produzenten, weil sich die Deutschen stets um ihre Rente sorgen, aus Sorge zu viel Kaffee trinken und davon Kopfschmerzen bekommen. Und nichts hilft bekanntermaßen besser gegen Kopfschmerzen als Aspirin. Der Gerechtigkeit halber muss hier gesagt werden: Es gibt unter den deutschen Milliardären auch einen Kunsthistoriker, was natürlich die hiesigen Reichen ungemein adelt. In welchem anderen Land werden schon Geisteswissenschaftler so unglaublich reich? Nur in Deutschland. Er besetzt auf der *Forbes*-Liste Platz 194, der Kunsthistoriker Burda. Leider sind die kunsthistorischen Werke, die ihm zu Reichtum verholfen haben, nicht aufgelistet. Es müssen wahnsinnig wichtige Entdeckungen gewesen sein.

Die deutschen Milliardäre sind bescheidene Menschen, sie fallen nicht auf. Aber auch die russischen Milliardäre leben nicht in Saus und Braus, wie viele denken. Sie müssen sich ständig Gedanken machen, was sie mit ihrem Geld anstellen, weil Geld in Russland eine sehr flüchtige Substanz ist. Man kann es in keiner Bank verstecken, es bleibt nie lange in einer Tasche liegen, springt wie ein Floh von einem zum anderen – heute deins, morgen meins. Deswegen strengen sich russische Milliardäre unheimlich an, um ihr Geld zu bändigen. Trotzdem tauchen auf der russischen *Forbes*-Liste jedes Jahr neue Namen auf, die alten verschwinden, und niemand fragt sich: Wo ist der sympathische Herr von Platz 64, was war los, was ist mit ihm passiert? Und niemand weint ihm eine Träne nach, außer seiner Mutter oder seiner Frau, wenn er eine hatte. Die russischen Massen sind ihren Milliardären gegenüber schadenfroh, wie Massen halt so sind.

Die Tätigkeiten der russischen Milliardäre sind geheimnisvoller als die der Deutschen. Natürlich gibt es auf der russischen Liste ein paar sibirische Ölscheichs ein paar Nickel- und Aluminiummagnaten, doch bei den meisten weiß man überhaupt nicht, womit sie ihr Geld verdient haben. Da steht einfach nur »Herr X., Direktor« oder »Herr Y., Vorsitzender«. Oder einfach nur »Herr X« oder »Y«, als hätte seine Mutter diesem Herrn seine Milliarden ins Bettchen gelegt. Doch alle Welt weiß, weder Mutter noch Vater konnten dies tun. Sie haben ihre aktive Lebensphase im entwickelten Sozialismus verbracht, in dem es keine Reichen geben durfte. Im entwickelten Sozialismus landeten Reiche im Knast. Es sitzen übrigens auch heute ziemlich viele reiche Russen im Knast, gleichzeitig stehen sie auf der *Forbes*-Liste. Das darf man jetzt. In einer Demokratie schließt das eine das andere nicht aus, man kann gleichzeitig im Knast sitzen und reich sein. Dann lesen wir auf der *Forbes*-Liste neben Herr X oder Y: »vorübergehend inhaftiert«.

Wie sitzt ein Milliardär seine Strafe ab? Ich stelle mir dabei eine große, gut gelüftete Zelle vor, mit riesigen Nacktfrauenkalendern an der Wand, sauberer Kloschüssel und einem Fernsehgerät mit vergoldeter Fernbedienung. Auch das Fenstergitter ist vergoldet. Dazu vielleicht noch ein Gitarrist, der jeden Morgen zum Frühstück die schönsten und leidenschaftlichsten Knastlieder live zum Besten gibt. Beim genauen Blick auf die *Forbes*-Liste lässt sich die Frage, Wer wird Milliardär? leicht beantworten. Es kann einfach jeden treffen.

Radio

Das Radio hat mir einmal das Leben gerettet. Dabei wollte ich nur mit Sergej und Andrej in der Nähe von Potsdam Pilze sammeln. Eigentlich bin ich kein Freund von so einer Ausbeutung der Natur. Ich wünsche allen Pilzen ein langes Leben. Nur hatten meine Freunde im August einen heißen Tipp bekommen: Dort bei Potsdam, auf dem ehemaligen Übungsgelände der sowjetischen Armee, sollte es wahre Pilzplantagen geben. Es ist ein altes Ammenmärchen, aber manchmal stimmt es tatsächlich: Da, wo einmal die russische Armee stationiert war, sprießen anschließend wie verrückt Pilze aus dem Boden.

Potsdam war nicht weit und Sergej hatte ein Auto, also ließ ich mich überreden. Wie echte Pilzjäger mit Korb und Messer bewaffnet fuhren wir los, fanden eine nette Raststätte, wo wir parkten und gingen in den Wald. Schnell fiel unsere Gruppe auseinander. Jeder hatte seine eigene Methode für die Pilzsuche, und jeder hielt sich natürlich für den größten Pilzkenner. Der eine suchte nur unter Fichten und zwar ausschließlich auf deren Schattenseite, der andere behauptete, dort wo Farn wächst, könne es keine Pilze geben, weil sie sich nicht vertragen.

Bald konnte ich die Stimmen der beiden kaum noch hören, nur manchmal ein »Oh!« und »Ah!« und »Schau, was ich gefunden habe!« Vor mir hatten die Pilze Angst, sie versteckten sich gründlich. Ich ging ohne System durch den Wald, bog mal links und mal rechts ab, in der Hoffnung irgendwann auf einen ganz großen Pilz zu stoßen. In den drei Stunden, die ich im Wald verbrachte, habe ich auch einiges gefunden, jedoch nichts Pilzartiges: eine Rolle Stacheldraht, wahrscheinlich von den Soldaten zurückgelassen, mehrere illegale Mülldeponien und ein sowjetisches Auto. Es war ein verrosteter Lada mitten in der Wildnis. Im Auto hatten sich Ameisenkolonien angesiedelt, dazu Schnecken, Spinnen und andere kleine Waldbewohner. Außerdem wuchsen dort kleine gelbe Pilze auf dem Rücksitz, die jedoch sehr ungesund aussahen. Ich konnte mir nicht erklären, wie dieses Auto in den Wald gekommen war. Es gab kein Anzeichen auf einen Fahrweg, um den Lada herum war nur dichter Wald. Die einzige Erklärung war: Der Wagen war den Russen beim Abzug ihrer Armee aus dem Flugzeug gefallen.

Ich suchte weiter und fand noch Interessanteres: einen DDR-Plattenbau vom Typ EB 52, noch ziemlich gut erhalten, sogar mit Menschen darin. Direkt vor dem Haus wuchsen große graue Pilze. Die Bewohner schauten jedoch sehr misstrauisch auf mich herunter. Auf meine höfliche Frage, ob diese Pilze gut seien, reagierten sie nicht. Es war ihnen anzumerken, dass sie schon lange im Wald lebten und völlig verwildert waren. Wahrscheinlich sind es die DDR-Flüchtlinge, dachte ich, die gleich nach der Wende zusammen mit ihrer Platte in den Wald gezogen waren und dort nun große graue Pilze züchten. Ich ging zurück ins Dickicht, und bald verlief ich mich völlig. Nur mit Mühe kam ich durch das Unterholz voran und kehrte um, zurück zur Platte. Sie war nicht mehr zu finden. Irgendwann gab ich auf und redete mit mir selbst:

»Toll, Mensch. Das hast du klasse hingekriegt. Jetzt bist du endgültig eins mit der Natur. Bleib einfach da, bald wirst du selber zum Pilz.«

Plötzlich hörte ich Stimmen, jemand sang ein Volkslied.

»Menschen!«, dachte ich und rief laut: »Hallo!«

»Du bedeutest mir sehr viel«, sagte die Stimme.

»Hallo! Hey!«, rief ich und ging weiter in Richtung Stimme, doch da war niemand. Sie kam wie aus dem Nichts. Das war wahrscheinlich meine innere Stimme, überlegte ich. In der lauten Stadt konnte ich sie nie hören, hier in der Stille wollte sie nun mit mir Kontakt aufnehmen. Hör auf deine innere Stimme und alles wird gut!, sagte die innere Stimme. Ich strengte mich an, um alles zu verstehen. Die innere Stimme plapperte aber nur Quatsch:

»Das Wetter in Brandenburg, blabla, die Temperatur liegt bei 28 Grad, und nun hören Sie klassische Musik, Werke von Schumann, Beethoven und Dittersdorf.«

Ich überlegte. Wenn das meine innere Stimme sein sollte, wer war dann Dittersdorf? Von so einem Komponisten hatte ich noch nie gehört, es konnte also unmöglich meine innere Stimme sein. Ich ging dorthin, wo die Musik spielte und ortete sie endlich. Die Musik und die Stimmen kamen von einer hochgewachsenen Fichte, die hinter der Raststätte stand, bei der wir geparkt hatten. Oben an dem Baum war ein ziemlich großer Radiolautsprecher angebracht. Von dort aus orakelte es in Richtung Wald. Meine Freunde waren schon längst dort versammelt und warteten auf mich. Ihre Körbe bewiesen, dass sie ihre Zeit im Wald nicht vergeudet hatten.

»Wo hast du denn die ganze Zeit gesteckt? Wir wollten dich schon als vermisst melden!«, riefen sie. »Hast du dich verlaufen?«

»Nö«, sagte ich, »ich hatte nur ein Rendezvous mit dem Komponisten Dittersdorf.«

Blumen aus Moskau

Meine Nachbarn sind anständige Menschen, sie haben nur eine Macke. Sie lesen keine Zeitung. Ihre Nachrichten beziehen sie aus dem Internet. Papiernachrichten sind Propaganda, sie werden von den Journalisten, die sich für Meinungsmacher halten, extra aussortiert, behaupten sie. Aber, wenn wir uns bei mir auf dem Balkon zu einer Trinkrunde versammeln, lese ich manchmal aus der einen oder anderen Zeitung vor, um die Gesellschaft in ein Gespräch zu verwickeln.

»Berlin bekommt einen neuen Knast«, las ich neulich. Das Thema Knast stieß auf ein unerwartet großes Interesse in der Runde. Jeder hatte einen

Freund, der mal gesessen hat oder einen, dem das gerade blühte.

»Ein neuer Knast? Endlich!«, sagte meine Frau. »Wird auch langsam Zeit.«

Der Elektriker aus der Kneipe, in der sie früher gearbeitet hatte, musste einmal dreißig Tage in Tegel absitzen, wegen Schwarzfahrens und anderer Strafen, erzählte sie. Er fuhr freiwillig ein, wurde aber schon nach zwei Tagen vorzeitig entlassen – aus Platzmangel. Auch ich konnte eine Geschichte beisteuern: Bei uns im Theater hatte sich einmal ein älterer Herr als Theaterdirektor beworben. Er sah sehr solide aus und hinterließ einen guten Eindruck im Bewerbungsgespräch, wo er erzählte, wie er das Theatralische im Leben über alles schätze. Danach verschwand er jedoch genau so plötzlich wie er aufgetaucht war. Monate später erfuhren sie im Theater, ihr Beinahe-Direktor sitze wegen Betrugs in Tegel. Er hatte als Geschäftsführer einer nicht existierenden Baufirma Einfamilienhäuser verkauft, die ihm gar nicht gehörten und war dann mit der Anzahlung abgehauen.

»Ich war auch schon mal im Tegeler Knast – als Blumenbote!«, begann Sergej seine Geschichte. Er schloss die Augen und legte eine lange Pause ein.

»Blumenbote im Knast? Wie das? Erzähl!«, drängten wir ihn.

Also ließ sich unser Freund überreden weiterzuerzählen:

»Bevor ich Andrej kennengelernt habe und bei ihm eingezogen bin, hatte ich eine kleine Wohnung in Neukölln gemietet, neben einem Ausländerheim. Ich habe damals viele Landsleute aus diesem Heim kennengelernt. Es gab dort sehr unterschiedliche Menschen, zum Beispiel welche, die erfolgreich kriminell waren, und solche, die es lieber hätten lassen sollen. Ich habe mich besonders mit Ivan angefreundet, einem schlechten Verbrecher. Einmal war er schon ertappt und des Landes verwiesen worden. Aber er kam illegal wieder zurück nach Deutschland und landete hier schnell im Knast. Was er genau angestellt hatte, weiß ich nicht, aber das ganze soll total in die Hose gegangen sein. Ein paar schlaue Freunde von ihm hatten einen tollen Plan ausgeheckt, aber als der nicht aufging, liefen alle weg, nur Ivan blieb stehen. Als Illegaler, der zum zweiten Mal in Deutschland war, wurde er diesmal nicht abgeschoben, sondern zu drei Jahren Haft verurteilt und in Tegel eingebuchtet.

Dort hatte er gleich am ersten Tag eine Auseinandersetzung mit einem deutschen Knacki. Mangels Sprachkenntnissen war Ivan daran gehindert, dem Kollegen sein Unrecht verbal vorzuhalten, also musste er gestikulieren. Der Deutsche bekam dabei etwas auf den Kopf, fühlte sich sofort zusammengeschlagen und schrieb einen Beschwerdebrief. Daraufhin wurde Ivan als besonders aggressiver Krimineller eingestuft, ohne Freigang und ohne Hoffnung auf Bewährung. Der Tag seiner Entlassung sollte zugleich der Tag seiner Abschiebung sein. Deswegen durfte er auch nicht an der Berufsausbildung im Knast teilnehmen, nur ein bisschen Sprachunterricht und Sport standen ihm zu. Er hat in Tegel dann gut Deutsch gelernt, und das konnte nicht ohne Folgen bleiben. Ivan begann eine Affäre im Knast. Eines Tages rief er mich an.

›Ich habe dich noch nie um etwas gebeten. Sie hat morgen Geburtstag, kannst du ihr einen Blumenstrauß bringen?‹

Er hatte mir die Frau ziemlich undeutlich beschrieben, groß, hübsch, braune Haare... Am nächsten Tag nach der Arbeit kaufte ich einen Blumenstrauß und fuhr nach Tegel zum Knast. Ich hatte mir Ivans Braut die ganze Zeit als Gefangene vorgestellt, erst als sich das Tor hinter mir schloss, merkte ich, dass ich eigentlich in einem Männerknast war. Zwei Aufseher fragten mich, in welcher Angelegenheit ich gekommen wäre.

›Freunde aus Moskau haben mich angerufen, mit der Bitte, diesen Blumenstrauß Frau Müller zu übergeben.‹

Ich zeigte auf die Blumen.

›Können Sie sich ausweisen?‹, fragten die beiden.

Sie nahmen meine Papiere und verschwanden in irgendeinem Korridor. Zwanzig Minuten, eine halbe Stunde waren vergangen, niemand kam. Nur ein diensthabender Polizist beobachtete mich aus seinem gepanzerten Glashäuschen. Ich hatte große Lust umzudrehen und nach Hause zu gehen. Die Papiere könnten sie mir dann später per Post nachschicken, überlegte ich. Doch das ging nicht, die Tür hinter mir war zu. Wo hast du dich da schon wieder reingeritten?, beschimpfte ich mich. Vor einer Stunde warst du ein freier Mensch, jetzt bist du ein Knacki mit Blumenstrauß. Wie konnte das nur passieren? Eine Ewigkeit verging, bis die beiden Aufseher in Begleitung eines ranghohen Beamten zurückkamen.

›Blumen? Aus Moskau?‹, fragte er misstrauisch. ›Für Frau Müller? Sie wird sie nicht nehmen!‹

›Ist in Ordnung‹, sagte ich friedlich, ›das kann ich gut verstehen. Dann werfe ich diese Blumen einfach weg und fahre nach Hause, wenn Sie nichts dagegen haben.‹

›Nein, warten Sie hier‹, sagte der Beamte. Die drei verschwanden erneut. Ich stellte den Blumenstrauß in die Ecke. Der Aufseher, der von seinem Fensterchen aus, auf mich aufpasste, schüttelte kritisch den Kopf. Ich nahm den Blumenstrauß wieder in die

Hand. Der Beamte kam nach einer Weile zurück. Er sah nachdenklich aus.

›Sie hatte heute bis 18.00 Uhr Schicht‹, sagte er, ›Sie hätten früher kommen sollen.‹ Er drückte auf einen Knopf, und die Tür hinter mir ging auf. ›Sie hätte sie aber bestimmt nicht genommen‹, fügte er zum Abschied hinzu.

Ich atmete aus. Ich hatte mich innerlich schon auf Schlimmeres vorbereitet. Ohne meine Freude über die Befreiung zu zeigen, ging ich langsam hinaus, setzte mich in den Wagen und gab Gas.

Ivan saß wie der Staatsfeind Nr. 1 seine drei Jahre ab, vom ersten bis zum letzten Tag ohne Freigang und ohne Bewährung. Am Tag seiner Entlassung wurde er abgeschoben. Ein Jahr später rief er mich aus Moskau an.

›Ich habe dich nie um etwas gebeten‹, sagte er, ›aber morgen hat sie Geburtstag. Würdest du ihr bitte einen Blumenstrauß vorbeibringen?‹

›Warum hast du nicht gesagt, dass sie eine Aufseherin ist?‹, fragte ich ihn.

›Was spielt das für eine Rolle?‹, entgegnete er.

›Nein Ivan, ich gehe nicht noch mal in den Knast‹, sagte ich.

›Musst du auch nicht‹, beruhigte mich mein Freund. ›Ihre Schicht ist um 18.00 Uhr zu Ende, sie fährt einen roten Passat.‹

Draußen schneite es ohne Ende. Mit einem solchen sibirischen Winter hatten die Berliner nicht gerechnet, und die Stadt war lahmgelegt. Überall Staus. Ich fuhr durch verschneite Straßen nach Tegel. Der Knast sah aus wie das Schloss der Schneekönigin. Ich parkte gegenüber vom Tor und beobachtete von dem warmen Wagen aus die Straße – mit einem Blumenstrauß auf den Knien. Nicht nur Frau Müller, das gesamte Personal schien um 18.00 Uhr Schichtwechsel zu haben. Alle drei Minuten sprangen aus dem Schneeberg vor dem Tor Autos auf die Straße, aber ein Passat war nicht dabei. Es ist viel Zeit vergangen, überlegte ich. Vielleicht hat sie den Wagen längst gewechselt. Vielleicht hat sie den Job gewechselt, vielleicht hat sie sich für heute krankgemeldet. Die Autoscheiben der vorbeifahrenden Autos waren zugefroren, man konnte das Geschlecht der Insassen nicht erkennen. Nach einer halben Stunde merkte ich außerdem, dass die Autos auch von der anderen Seite des Knastes losfuhren. Dort musste es also noch einen Ausgang geben.

›Pech gehabt, Ivan‹, dachte ich und startete den Motor. Just in diesem Augenblick fuhr ein roter Passat an mir vorbei und löste sich sofort im Dunkeln auf. Ich nahm die Verfolgung auf. Ivans Affäre fuhr nicht nach Berlin, sondern in die entgegengesetzte Richtung. Ich blinkte und hupte, alles umsonst, sie merkte nichts. Laut ihrem Kennzeichen konnten wir noch gut 300 Kilometer so weiterfahren, durch nächtliche Wälder und Dörfer, über verschneite Straßen. Ich gratulierte mir innerlich zu diesem Blödsinn. Anstatt zu Hause gemütlich vor dem Fernseher zu sitzen, verfolgte ich mit ungewissem Ziel einen roten Passat durch das ausgestorbene Brandenburg. Ich ging auf die Überholspur und blinkte noch einmal direkt vor ihrer Nase. Diesmal bemerkte sie mich. Wir hielten beide an. Ich stieg aus, klopfte an ihr Fenster, sie machte die Tür auf. Tatsächlich eine Frau, groß, brünett mit grünen Augen, so wie Ivan sie beschrieben hatte.

›Entschuldigen Sie die Störung, Blumen aus Moskau.‹ Mit diesen Worten übergab ich ihr den Blumenstrauß.

›Ich weiß, von wem die sind‹, lächelte sie. ›Bestellen Sie ihm schöne Grüße.‹

Ich wusste nicht, was ich noch sagen sollte.

›Alles Gute zum Geburtstag‹, sagte ich.

›Hab ich doch erst in einer Woche‹, sagte sie und fuhr los.

Ich stand allein auf der Autobahn und dachte, gut, dass ich es doch geschafft habe.«

Sergej schloss die Augen. Alle schwiegen eine Weile.

»Und weiter?«, fragte meine Frau.

»Nichts weiter«, sagte Sergej.

»Hat denn dieser Ivan noch einmal angerufen?«,

»Nein. Aber irgendwas sagt mir, er wird noch anrufen. Wenn es wieder schneit und sie wieder Geburtstag hat.«

Nachwort

Nachbarn sind die größte Herausforderung. Eine weit größere als die eigene Familie. Wenn du mit den Nachbarn kannst, dann auch mit dem Rest der Welt«, hat mein Opa gern gesagt. Er selbst war in seinem Leben mindestens ein Dutzend Mal umgezogen und wusste, wovon er sprach. Die Kinder werden groß und ziehen weg, die Eltern und die Großeltern sterben, aber die Nachbarn sind immer da, überall und allgegenwärtig. Wenn die einen wegziehen, sterben, heiraten oder auswandern, ziehen sofort andere nach. Sie stellen unsere Flexibilität, unsere Kommunikationsfähigkeit, unsere humanistische Weltsicht täglich in Frage. Sie sind die größte Prüfung unseres Lebens. Ich glaube, dass die Spezies Mensch ein Probewurf der Natur ist. Schaffen wir es, für eine bestimmte Zeit friedlich mit- und nebeneinander zu leben, dann werden mit Wesen unseres Schlages weitere Planeten und Galaxien besiedelt. Wenn wir uns jedoch als unfähig zum Zusammenleben erweisen und gegenseitig auslöschen, dann wird von der Natur ein neues, weniger individualistisches Modell favorisiert.

Deswegen kann der Mensch nirgends auf Dauer allein sein. Selbst wenn er eine unbewohnte Insel mitten im Ozean findet, ziehen spätestens nach einer Woche andere Leute nach: eine Familie mit Kleinkindern, eine Rentnerin mit einem dicken Dackel, ein arbeitsloser Klarinettist, der jeden Tag proben muss, eine mollige Alleinstehende, ein Mann mit rasiertem Kopf, der Selbstgespräche auf der Treppe führt – die ganze Mischpoke eben, die üblichen Verdächtigen. Es sind in der Regel komische Leute mit wildfremden Sitten. Sie stehen auf, wenn die anderen schlafen gehen, und wenn die anderen wach werden, schlafen sie ein. Sie joggen gern in der Wohnung und tanzen Kasatschok, aber nur wenn sie über einem wohnen. Wenn sie unter einem wohnen, klopfen sie wie blöd gegen die Decke. Wohnen sie nebenan, spielen sie Tennis gegen die Wand und hören laut Musik am offenen Fenster. Sie singen am frühen

Morgen und abends kucken sie Fernsehserien, in denen viel gebrüllt wird. Im Sommer grillen sie auf dem Balkon. Im Winter stöhnen sie im Schlafzimmer. Man muss sie nicht mögen. Man muss sie nicht verstehen. Man muss nicht mit ihnen Kuchen backen, aber es empfiehlt sich trotzdem, sie kennenzulernen. In gewisser Weise tragen wir alle füreinander Verantwortung. Wir wohnen alle unter einem Dach.